凪《なぎ》の海

横浜ネイバーズ❸

岩井圭也

ハルキ文庫

JN122128

角川春樹事務所

CONTENTS

本書はハルキ文庫の書き下ろし作品です。

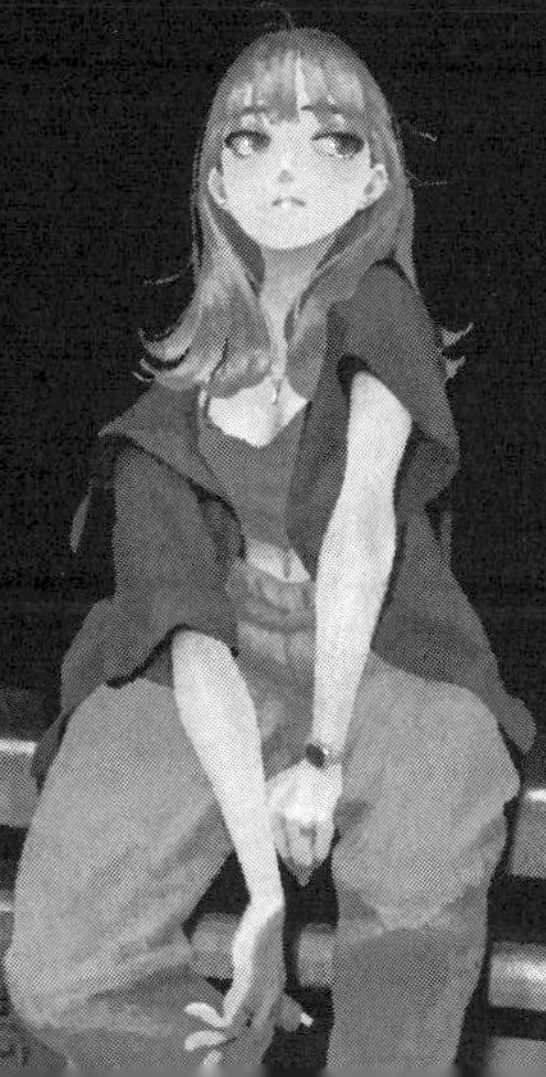

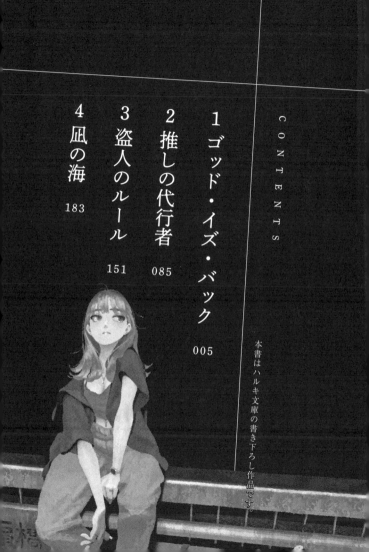

1．ゴッド・イズ・バック

ゲームなんてしょせんヒマつぶしだ。

もちろん、今の俺《おれ》にとってはゲームをプレイすることは一種のスポーツであり、同時にお金を稼ぐ手段でもある。でも究極、ヒマつぶしに過ぎない。やる側も、見る側も、たぶん頭の片隅ではそう思っている。

ヒマつぶしというのは、真面目《まじめ》にやらないという意味ではない。仕事でも遊びでも真剣にやるのは当然だ。ただ、ゲームをやることで何か生産しているわけではないし、社会をよりよくしているという実感もない。

ヒマつぶしは、どこまでいってもヒマつぶしだ。

目の前の大型モニターには、入り組んだ通路が表示されている。ここは古代遺跡を模したステージだ。俺は右手でマウス、左手でキーボードを操作して、武器《ウエポン》を交換しながら前進する。使っているデバイスはいずれもスポンサー企業から提供されたものだ。ついでに言えば、座っているゲーミングチェアも。

「さあ、いきますか」

ヘッドセットのマイクに向かってつぶやく。プレイしている映像や俺の声は、ツイッチというプラットフォームを通じて全世界にストリーミング配信されている。視聴者から投げ銭を受けたり、サブスクに加入してもらうことでプレイヤーに収入が入る仕組みだ。

「うおっ」

突然、物陰に仕掛けられた爆弾が炸裂《さくれつ》した。間一髪のところでジャンプして爆風を避《よ》ける。

「あぶね。この没入感とスリル。FPSの醍醐味《だいごみ》だねぇ」

FPSというのは、ファーストパーソン・シューティング——要は、一人称視点のシューティングゲームのことだ。俺がプレイしている「トランジション」というタイトルは、FPSゲームでは世界で一、二を争う人気を誇る。

適当なところで配信を切り上げ、ヘッドセットを外した。自然と肩を揉《も》む。中学生のころは何時間プレイしても平気だったけど、最近は常に肩が凝っている感じがする。まだ高校三年生になったばかりなのに。先が思いやられる。

最初にゲームをプレイしたのは小学四年生の時だった。周囲の友達と比べても遅いほうだ。一流プレイヤーには小学校の低学年、あるいはもっと早くからはじめている人だって少なくない。

クラスの友達はみんなゲーム機を持っていたけど、うちは母子家庭ということもあって経済的に苦しく、なかなか買ってもらえなかった。「ゲーム機買ってくれ」と何度も母親に訴えたが、ない金は出せない。苦肉の策として母は自分のノートパソコンを「一日一時間だけ」使ってもいいと言ってくれた。

俺は限られた時間を使って、無料のＦＰＳゲームに熱中した。埃《ほこり》まみれのキーボードと手垢《てあか》のついたマウスで、デジタルの世界に没頭した。一日一時間しか遊べない分、毎日が真剣勝負だった。「チップ」というユーザー名に深い意味はなかった。本名の「智夫《ともお》」を音読みしただけだ。

ＦＰＳをはじめて二か月後、知り合ったプレイヤーから「チーム組んで大会出ない？」と誘われた。参加費がかからないと聞いて、がぜんやる気になった。母親に頼みこんで、その日だけは三時間までゲームをやらせてもらった。

結果、俺は初出場の大会で圧倒的な活躍を見せ、チームを優勝に導きＭＶＰまで授与されてしまった。賞金はなかったけどそれなりの規模の大会だ。ゲーム歴が三か月に満たないと知ると、他のプレイヤーたちは素直に驚きを表明した。

〈これで小学生？〉

〈しかもＦＰＳ触って百日経《た》ってないって〉

〈天才児チップ登場！〉

そんなコメントがネットにあふれ、俺はようやく気が付いた。どうやら自分には、FPSゲームの才能があるらしい。

数か月後、パソコン周辺部品の製造メーカーからツイッチ経由で連絡があった。スポンサーとしてデバイスを提供したいという申し出だった。さすがに小学四年生では対処しきれない。母に取り次ぐと、「はっ?」というすっとんきょうな答えが返ってきた。詐欺に遭《あ》っているんじゃないかとか、色々と心配したが申し出は本物だった。翌週、狭くてボロいアパートにピカピカのキーボードとマウスが送られてきた。

その夜、母から尋ねられた。

「あんた、これからもゲームやりたい?」

「やりたい」

即答した。たぶん、自分が天才と呼ばれる分野は他にない。小学生であってもそういう予感はあった。何より、ゲームは楽しかった。

母は「真面目に勉強すること」「高校までは進学すること」を条件に、俺専用のパソコンを買い与えてくれた。当時の最新機で、常にカツカツだった我が家の家計を考えれば相当思い切った決断だったと思う。

それからは、以前に増してゲームに没頭するようになった。「一日一時間」の制限もなくなり、夜通しプレイすることも増えた。それでも母は文句を言わなかった。母の期待に応《こた》えるため、約束通り、勉強の手も抜かなかった。

やればやるほど強くなった。参加する大会はどんどん大規模になり、「チップ」の名前もたくさんの人に知られた。中学生になり、SNSをはじめてからは仲間も増えた。今やリアルの友達よりも、ネットを通じて知り合った友人のほうが多い。

二年前――高校一年の時から、日本のプロチームに所属している。同じ年に最新のFPSゲームで世界三位に食いこんだ。プレイ動画のストリーミング配信もやるようになった。一度の配信で数百人が集まるのはざらだ。

最初にゲームの世界に触れてから、七年と少し。いまや、FPSゲームの世界で「チップ」はトッププレイヤーの仲間入りを果たした。大会での戦績、SNSのフォロワー数、配信の同時接続者数。どれをとっても、一流と呼ぶにふさわしい。

けれど――

スマホにメッセージが届いた。同じチームのメンバーからだ。その名前を見た瞬間、思わず眉《まゆ》をひそめてしまう。

〈注射の件、至急返事しろよ〉

メッセージに返信せず、スマホをテーブルに伏せる。

「潮時かな」

俺は真剣に、競技ゲームからの引退を考えていた。

プレイヤーとしては、下降線どころかこれからが本番だと思う。集中力もテクニックも、今が現役期間を通じて最も良いコンディションだという自信がある。それでも、「潮時」には違いない。

稼ぐだけならゲーム実況の配信だけで十分だ。これまでの実績があれば配信者——ストリーマーになっても食うには困らないだろう。自立することも、母親に楽をさせてやることも可能だ。

もはや競技ゲームの世界に居場所はない。たとえヒマつぶしであっても、こんな汚れた世界に長居するのは御免だった。

*

「おい、起きろ！」

リビングのソファで居眠りをしていたロンは、怒号で飛び起きた。すぐそばで祖父の良《りょう》三郎《ざぶろう》が顔を真っ赤にしている。

「何時だと思ってるんだ」

ロンは寝ぼけまなこでスマホの時刻を確認する。

「……午後二時前」

「今日は何曜日だ？」

「火曜。あれ、水曜だっけ？」

「木曜だ！　お前はまともな曜日感覚すら持ってないのか！」

「あんまり叫ぶと身体《からだ》に悪いって」

良三郎に怒られるのはいつものことだが、今日のヒートアップぶりはなかなかだった。

二十一歳のロンは横浜スタジアムで週に三日、警備のアルバイトをしている。その気になれば出勤日を増やすこともできたが、そうはしていない。理由は二つある。トラブル解決の依頼があればすぐ動けるよう身軽でいたいというのが一つ、ただただ面倒くさいというのがもう一つだった。

「働き盛りの男が、平日の昼間から居眠りなんかするな」

「それはじいさんの偏見。どう過ごすかは人それぞれだから」

「また、あの不動産会社に雇ってもらえ」

「あそこはダメなんだって」

以前、ロンはある事情からみなとみらいに本社を置く不動産会社でインターンとして働いていた。当時良三郎はロンが改心したと勘違いして喜んでいたが、あっけなくぬか喜びに終わった。

それ以来、良三郎はいっそう「働け」と口にするようになった。

「だから、働いてはいるよ。警備の仕事だって大変なんだから。酔っ払いの相手とか」

「だったら家に金くらい入れろ。いつまでもタダで住めると思うな！」

結局、蹴《け》り飛ばされるようにして家を追い出された。仕方がないので、ロンは外階段を降りて大通りに出る。一階はかつて四川《しせん》料理の名店「翠玉楼《すいぎょくろう》」だったが、一昨年に閉店してからは空き店舗のままだった。

「じいさん、日に日にキレやすくなってんな……」

ぶつくさ言いながらロンは中華街をぶらついた。行くあては特にない。

初夏の横浜中華街はカップルや家族連れで賑《にぎ》わっていた。週末ともなれば路上はさらに混雑する。この街で生まれ育ったロンにとっては見慣れた風景だが、昔に比べて客層がさらに若くなったように感じる。あるいは、自分が年をとったせいか。

——なんかねえかな。

困っている人、悩んでいる人の助けになること。それが、ロンの考える己の使命であった。実際高校を卒業してからというもの、中華街を爆弾テロから救ったり、特殊詐欺グループ摘発のきっかけを作ったり、地面師たちの逮捕に貢献したりと、それなりに活躍してきた自負はある。高校時代につけられた〈山下町《やましたちょう》の名探偵〉というダサい二つ名も、今では中華街全体に広まっていた。

しかし、ロンにトラブルシューティングを依頼する者は依然、少ない。知人友人のつながりでちょっとした依頼がある程度だった。意外にも、現実はヒーローを必要としていないのかもしれない。

——広告とか出したほうがいいのかな。

的外れな対策を検討しながら歩いていると、スマホが鳴った。着信だ。電話をかけてきたのは涼花《すずか》だった。

二年前、ロンは友人の妹が自殺した件を調べた。その調査で知り合ったのが、当時高校一年生の涼花だった。彼女は学校をさぼって横浜駅西口周辺——通称ヨコ西に入り浸っていたが、今は真面目に高校に通っている。

「ロンさん？」

「おう、どうかしたか。勉強してるか」

高三になった涼花は、大学進学を目指して受験勉強まっさかりのはずだった。

「言われなくても、してるよ」

「ならいいけど。今のうちにしっかり勉強しておかないと、大人になってから困るぞ。俺みたいになるからな。無駄に思えても、将来どこかで役に立つかもしれないし」

「なんかロンさんの説教って、おじさんっぽい」

「……おじさん？」

ショックで思わず足が止まった。つい「おじさん」ともう一度反復する。二十一歳はもう、高校生にとってはおじさんなのか。

「そんなのどうでもいいから。相談したいことがあってね」

「おう。ちょうど、ヒマだった」

「いっつもヒマじゃん。今から中華街行くから」

そこでいったん通話は切れた。

三十分後。中華街にあるカフェで待っていたロンの前に、私服の涼花が現れた。

「平日の昼間に出歩いていいのか？」

「今日は中間試験で、午後は学校ないの」

涼花はアイスコーヒーにガムシロップをたっぷりと注いでから、話をはじめた。話題は同じクラスにいる「佐藤《さとう》智夫」という男子生徒についてだった。

智夫は高校生でありながら、「チップ」の異名で活躍するプロゲーマーだという。キャリアをスタートさせたのは小学生の時で、すでに活動歴は七年以上。プロチームに所属し、大会出場だけでなくプレイ動画の配信もしているらしい。

デジタルに疎いロンには具体的にイメージできないが、非凡な才能を持った少年なのだろうと見当はつく。

「そのチップがどうした？」

「ゲームやめるって言ってるの」

ロンは思わず「もったいない」とつぶやいた。有名なプロゲーマーなら少なくない収入があるはずだ。ロンにもそれくらいの知識はあった。

「正確には競技ゲームをやめるってことね」

「何が違うんだ？」

「だから、配信は続けるってこと」

「ごめん。言ってることがよくわからない」

「……ロンさんって本当に何も知らないよね」

涼花はこれ見よがしにため息を吐《つ》く。出会ったばかりのころに比べると、ずいぶん態度が生意気になった。心を許している証拠だという言い方もできるが。

「いわゆるeスポーツが、競技ゲームだと思ってもらえばいい。プレイヤーやチームの間での勝敗が重視される、スポーツの一種。でもゲーマーとしての活動ってそれだけじゃないでしょ。プレイ動画をネットで配信するのも立派な活動だし、今はストリーミングだけでも稼げる」

「詳しいな」

それには応じず、涼花は説明を続ける。

「チップは、競技からは引退してストリーマー専業になるって言ってる」

「いいんじゃないの。個人の自由だろ」

「でも、理由がね……」

涼花は少しだけ言い淀《よど》んだが、じきに続きを口にした。

「チップの仲間が八百長に加担してるらしいの」

「八百長？」

「うん。注射って呼んでるらしいけど」

トラブルの匂《にお》いが濃くなってきた。

涼花いわく、チップの所属するチームのメンバー数名が、他のチームのプレイヤーと共謀して勝敗を操作しているという。八百長に誘われたチップは、現状に幻滅して競技ゲーム界そのものから足を洗おうとしている。

「八百長ってことは、誰《だれ》かが勝敗を賭《か》けの対象にしてるのか」

「そうみたい。胴元っていうのかな、賭けの主催者が協力したプレイヤーにこっそりお金を払うんだって」

「競技ゲームで賭《と》博《ばく》やっていいのか？」

「普通に違法だと思う」

ロンは腕を組んだ。なかなか、根が深そうな話だ。

「それで、天才ゲーマーは賭博やら八百長やらにハマってる連中を見て嫌気がさした、ってことか？」

「うん。あの人、割と潔癖なところあるから」

涼花の口ぶりからは親密さが感じられる。その反応を見たロンは、質問をせずにはいられなかった。

「一つ聞きたいんだけど」

「なに？」

「チップとは付き合ってるのか？」

数秒、沈黙が流れた。涼花はストローを使って甘いアイスコーヒーを飲んでいたが、観念したように口を離した。

「……まあね」

「最初からそう言えよ」

「だってロンさんに言うの、恥ずかしいから」

また傷つく。別の誰かが相手なら恥ずかしくなかったというのか。しかしこの際、その点は聞き流すことにした。

「それで、涼花はどうしたい？」

「チップには競技を続けてほしい」

涼花の目には強い意志が宿っていた。

「あの人も悩んでるみたいだった。たぶん、まだ気持ちの整理がついてないんだと思う。

このままやめちゃったら後悔するかもしれない。もし未練があるなら、そんな理由でやめずに続けるべきだと思う」

「なるほどな」

「だからロンさん……賭博を壊滅させてくれない？」

小首をかしげた涼花を前に、ロンは言葉を失う。急展開だ。だが、一応筋は通っている。八百長や賭博さえ存在しなければ、チップが競技ゲームをやめる理由もない。しかしそれは途方もない仕事であった。規模も不明なら、胴元の正体もわからない。

「壊滅って言われても……」

「私が頼れる大人、他にいないんだ。親に話しても意味ないし、警察に話したらチップのチームに迷惑がかかるし。もうロンさんしか相談できる人いないの」

そう言われると弱い。

そもそも、悩んでいる人の助けになることがロンの使命なのであれば、難しそうだからというのは拒否する理由にならない。他にやることもなかった。

「じゃ、とりあえずチップに話聞かせてもらえる？」

「さすがロンさん」

涼花は目を細めて笑った。その反応を見ると、やはり断らなくてよかったと思う。

もしかしたら、涼花にとっては問題が解決するか否かよりも、相談相手がいるという事実そのもののほうが大事なのかもしれない。悩みを打ち明けることができ、それを真剣に聞いてくれる他者がいる。派手にトラブルを解決することだけが、使命を果たす方法ではない。

ロンはコーヒーを啜《すす》りながら、そんなことを思った。


翌週、平日の夕方。ロンは相鉄本線瀬谷《せや》駅北口にある書店にいた。店頭の本を見るともなく見ながら待っていると、背後から声をかけられた。

「お待たせ」

振り返ると、紺色の制服を着た涼花がいた。その後ろにはやはり制服姿の男子がいる。色白で背が高い。顔立ちは薄味でクールな印象だった。前髪をきっちりセットした彼は、ふてくされたような表情をしている。

「佐藤智夫くん？」

「…………」

「はじめまして。小柳龍一《こやなぎりゅういち》です。ロンって呼んでくれればいいから」

ロンは穏やかに話しかけたが、返答はない。涼花が「ちょっと」と言うとようやく無言で会釈を返した。恋人同士というより保護者と子どもだ。

「とりあえず話そうか」

ロンの提案で三人は駅前のファストフード店に移動し、テーブルを囲んだ。

「見たよ、プレイ動画」

そう伝えると、うつむいていた少年はかすかに顔を上げた。

この一週間、ロンは佐藤智夫こと「チップ」のプレイ動画を集中的に視聴した。はじめは何が起こっているのか理解できず、楽しみ方がわからなかった。そこで「トランジション」というタイトルのゲームをインストールし、見よう見まねでプレイしてみた。遊び方やルールがわかると、俄然《がぜん》、動画も楽しめるようになった。

「俺、あのゲーム初めてやったんだけどさ。キャラクターごとに武器《ウエポン》が違うのが面白いね。チップは……あ、ごめん。智夫くんのほうがいい？」

「……どっちでも」

ぼそぼそとした声だが、初めて返事をもらえた。

「じゃあチップね。チップはよくアサルトライフル使うけど、なんで？」

「殺傷能力高いから」

「俺、火炎放射器好きなんだよね。攻撃範囲広いし。でも狙《ねら》いつけにくくてさ」

「慣れるまで、マウスじゃなくてキーボードで調整するといいすよ。そういう設定もできるんで。あと、攻撃より煙幕の代わりに使うべきっすね」

徐々にチップの声がはっきりしてくる。

打ち合わせの前に相手のことをよく調べる。これは、以前関《かか》わった調査で学んだことだった。尾行相手がソーシャルゲームにハマっていれば同じゲームで遊ぶし、美容系インフルエンサーと会う前は出演する動画を片端から見る。相手が興味を持っていることに関心を示せば、口を開いてくれる確率は高くなる。チップの場合、興味の対象がゲームであることは明らかだった。

ゲーム談議で盛り上がり、チップの口が軽くなってきたところで本題に入る。

「涼花から聞いたんだけど、競技引退するんだって？」

「そのつもりっすけど」

「八百長持ちかけられたから？」

チップは黙ったまま、隣に座る涼花をじろりとにらんだ。当の涼花はたじろぐどころか、「せっかくだから話しなよ」と促す。恋人に背中を押されるようにして、チップはようやく重い口を開いた。

「半年くらい前から誘われてるんすよ。おいしい話があるからお前も乗れって」

チップの話はこうだった。

ある日、所属しているチームの先輩メンバーから「相談したいことがある」と呼び出された。二人きりで会うと、先輩は具体的な大会名を挙げて「次の団体戦、わざと負けてほしい」と言い出した。当然チップは面食らう。eスポーツの競技者として、意図的に負けるなんてことはあり得ない。

——意味がわかんないっす。

拒否反応を示すチップを諭すように先輩は語った。

——ギャンブルだよ。俺らの勝敗が賭けの対象になってんだよ。

——賭博じゃないすか。

——野暮なこと言うなって。みんな、うちのチームの勝ちに賭けてるんだよ。チップがいるからな。だからもしうちのチームが負ければ、それだけ胴元が儲《もう》かる。単純な仕組みだよ。もちろん、報酬は十分に支払われる。一度負けるくらいなら名誉も傷つかないだろ?

——待ってください。これ、誰が仕組んでるんすか?

先輩はにやりと笑った。

——それは言えない。

結局、チップは体調不良を理由に大会への出場をキャンセルした。八百長を拒否しても、出場すれば仲間だとみなされかねないからだ。

先輩からはその後も同じような誘いが続いた。チップはそのたびに断っているものの、最近では恫喝《どうかつ》めいた言い方をされることもある。八百長の秘密を知ってしまった以上、先輩は何としてもチップを仲間に引き入れたいようだった。

「だから競技自体をやめたいってことか」

チップがうなずく。

「ゲームに限らないと思いますけど、勝負事で八百長は絶対の御法度なんすよ。一度でも発覚すれば信用はゼロになる。プロとしてだけでなく、ストリーマーとしてもNGだと思ってます。だいたい、不正があると分かってる状況で勝っても面白くないし」

「告発するつもりはないのか？」

「そこは色々あって」

口ごもるチップに代わって、涼花が横から「私が話す」と言った。

「告発することも考えた。先輩からのメッセージとか、証拠はあるし。でも告発すれば、チームとそのスポンサーの倫理観が問題になる。炎上は間違いなし。下手《へた》すればスポンサー企業の株価にも関わる」

「要はチームに迷惑がかかるから告発しないってことだな」

「全部、受け売りだけど。合ってる？」

涼花が言うと、チップは素直にうなずく。やはり保護者と子どもだ。チップは長身を窮屈そうにかがめていた。

「……うち、母子家庭なんすよ。涼花の家と同じで」

涼花の家庭の事情は、ロンも聞いたことがあった。かつて彼女がヨコ西に入り浸っていたのも、親との折り合いの悪さが理由の一つだったはずだ。

「正直、今の家計を支えてるのは俺なんです。母親より俺のほうが収入あるんで。だからゲームの仕事で稼ぎ続けないといけない。でも下手に告発なんかしたら、スポンサーが全部いなくなっちゃうかもしれない。他の企業からも、チップは面倒くさいやつだ、って敬遠されるかもしれない。それだけは避けたいんすよ」

告発された側ではなく、告発した側が不利益をこうむる。社会の至るところで見られる構図だった。ロンには、高校三年生の少年にまでその構図を強制している現状が腹立たしくて仕方ない。

「ただ、一つだけ希望があって」

チップは人差し指を立てた。

「そうなの?」

「はい。近々、神が復活するんです」

——急にどうした。

ロンは返答に詰まった。どう反応していいかわからない。隣の涼花も怪訝《けげん》そうな顔をしている。黙っている二人を見て、チップは「あ、違う違う」と言った。

「変な意味じゃなくて。競技ゲーム界の神って意味」

慌ててチップが説明したところによれば、神の正体は「ダゴン」というプレイヤーらしい。なかなか癖のある名前だ。ダゴンはかつてＦＰＳで日本一と呼ばれたプロゲーマーだったが、二年前、電撃的に引退。引退後は消息を絶っていたが、近日中に競技シーンへ復帰するのだという。

チップは興奮ぎみに語る。

「しかも、俺と同じチームに所属するんすよ。神と同じチームでプレイできるなんて、マジで信じられないっす」

「その神と一緒にプレイできるのが、希望ってことか」

「こんなチャンス二度とないんで。それにダゴンさんが来てくれれば、八百長も一掃されると思うんです。だって日本一のプレイヤーっすよ。そんな人が不正を許すわけないし、先輩たちも八百長なんかバカらしくなると思うんです」

チップの声が熱を帯びてきた。彼が言うように伝説的なプレイヤーが降臨するのであれば、たしかにチームの雰囲気が変わる可能性はあるだろう。そうなってくれればロンとしても助かる。賭博を壊滅させる手間が省ける。

「だから、やめるつもりではあるけど、神と一緒にプレイするまでは続けます」

「いいんじゃないの。涼花もそれでいい？」

「……うん」

涼花にとっても初めて聞く話らしく、驚きながらも安堵《あんど》しているようだった。彼女にとっては恋人が気持ちよく現役を続けることが最重要なのだ。解決してくれるのはロンだろうが「神」だろうが、どちらでもいいのだろう。

「じゃ、今日のところはいったん解散で」

「あの。ロンさんって何者ですか?」

チップがあまりに今さらな質問を投げかけた。まさか自分で〈山下町の名探偵〉だと名乗るわけにもいかず、ロンは困る。

「別に何者でもないけど……」

「親切なフリーターのおじさん」

涼花が横から茶々を入れた。またただ。おじさん、の一言がぐさりと胸に刺さる。

「まだ二十一なんだけど」

「年齢っていうか空気がおじさん。SNSもやってないし、ネットにも疎いし」

そう言われると立つ瀬はない。だが、おじさんでもなんでもいい。涼花やチップが健やかに過ごせるのであれば。

ファストフード店を出た後、カップルは瀬谷駅の逆方向へと去っていった。寄り添う背中を見ているだけで、仲睦《なかむつ》まじさが伝わってくる。ロンは二人を見送りながら、ダゴンという名の神が世界に秩序をもたらしてくれることを祈った。

ウェブ会議ツールの画面上で、ヒナがカメラに顔を近づけた。

「トランジションなら得意だよ」

整った顔立ちがディスプレイ一杯に映し出される。

ヒナこと菊地妃奈子《きくちひなこ》は、ロンの幼馴染《おさななじ》みの一人である。高校一年生の時に起こったある出来事がきっかけで、引きこもりとなった。車いすユーザーで、ロンが時おり外へ連れ出しているが、こうしてオンラインで話をすることも多い。

「ヒナもやったことあるのか？」

「あるどころじゃない。しょっちゅう遊んでる」

冷めた態度を取りがちなヒナには珍しく、興奮ぎみだった。

ＳＮＳやネット事情に詳しいヒナは、オンラインゲームにまで手を伸ばしているようだ。日常的に株取引もやっている。ほとんど外出しないとはいえ、よくそこまでの時間が捻《ねん》出《しゅつ》できるものだ。

「チップのことも知ってるのか？」

「超有名だよ。ＦＰＳの神童、チップ。ちょっと待ってね。ゲーム廃人のペルソナがあるから」

ヒナは画面の向こうで、すばやくマウスを操作していた。彼女はいくつものアカウントを同時に運用する〝ＳＮＳ多重人格〟でもある。ヒナが自分で生み出した、老若男女さまざまなペルソナになりきって投稿するのだ。

「これ、これ」

ヒナがウェブ会議ツールを通じて画面を共有した。「トランジション」をプレイしている最中、スクリーンショットしたものだ。

「無傷で100キル達成。すごくない？」

付け焼刃だが、ロンも多少は知識を仕入れている。その戦果が、相当な上級者の部類に入るということはなんとなくわかった。

「やりこんでるな」

「でも、チップはもっとすごいよ。無傷で300キル達成。前人未踏だね」

画面共有が解除され、ディスプレイにヒナの顔が戻ってくる。

「ダゴンって人知ってるか？　現役復帰するらしいぞ」

「うそぉ！」

ヒナの声が裏返った。

「そんな驚くほどのことか？」

「だって、神が復活するんだもん」

ヒナいわく、ダゴンは数々のFPS世界大会でチームを優勝に導き、個人戦でも世界一の座に就いたという。電撃引退の理由は知られておらず、現在は大会運営の裏方に回ったとか、企業を経営しているとか、信憑性《しんぴょうせい》の定かでない噂《うわさ》が出回っている。

「でもなんでこのタイミングで復帰なんだろ」

もっともな疑問をヒナが口にする。

「業界に活を入れるため、とか？」

「うーん。今はダゴンが現役だったころよりさらにeスポーツが盛り上がってるから、それはどうかな。あ、でも、チーターへの牽制《けんせい》の意味はあるかもね」

チーター。またロンの知らない言葉が出てきた。素直に尋ねると、ヒナは丁寧に教えてくれた。

「チート行為をする人のこと。チートっていうのは簡単にいうとズルね。自動で照準を合わせたり、勝手に連射してくれるような、チートツールっていうソフトを使うの。プレイヤーのなかにはそういうズルをして勝とうとする人もいる」

「それがありなら、やりたい放題じゃん」

「メーカーも対策はしてる。ゲームをインストールする時、アンチチートツールがどうとか表示されなかった？」

「されたかも」

「それも対策の一つ。特にトランジションではかなり強力な対策を講じてる。だからチートツールの検知も早いし、他のＦＰＳに比べればチーターの数は少ないけど、根絶には程遠い。ダゴンもそういう現状に納得してないんじゃないかな。現役時代はチート撲滅、ってよく言ってたし。だから啓蒙《けいもう》も兼ねて復活するのかも」

アスリートでいうところの、ドーピングのようなものだろうか。どんな業界にも不正に手を染める人間はいるらしい。

「話してたらゲームやりたくなってきちゃったじゃん。最近我慢してるのに」

ヒナが歯がゆそうに唇を噛《か》んだ。

「やればいいんじゃないの」

「勉強してるから」

「へえ。何の勉強？」

「高卒認定試験」

今度はロンが驚く番だった。「マジか！」と叫ぶと、ディスプレイのなかのヒナが照れたように顔を伏せた。高校を中退したヒナは、以前から大学への憧《あこが》れを口にしていた。

「大学受けるのか？」

「それはまだ考え中。でも、高卒資格は持ってて損はなさそうだし」

直近の試験は八月上旬にあるらしい。あと三か月もない。だがロンはさほど心配していなかった。ヒナの能力なら三か月で受かっても不思議ではないし、仮に落ちてもまたチャレンジすればいい。

「なんだよ、早く言えよ。応援してるから」

「本当ありがとうね、ロンちゃん」

ヒナはあらたまった口調で言った。

「応援してるのは俺だけじゃないだろ。マツも凪《なぎ》も、欽《きん》ちゃんも同じだ」

「そうじゃなくて。私を外に連れ出してくれて、ありがとう」

ロンはつい、視線を逸《そ》らして天井を見た。オンラインであっても、気恥ずかしくてヒナの顔を正面から見られない。妙に緊張する。幼馴染みを相手にこんな気持ちになるのは初めてだった。

「……一番頑張ったのは、ヒナだろ」

そう返すのが精一杯だった。

ヒナは思っていたよりも早く、前を向いて進みはじめている。その背中を押すことに関われたのが、ロンは誇らしかった。


神の正体を知ったのは、翌月のことだった。

横浜スタジアムでの警備のアルバイトを終え、徒歩で帰宅している最中だった。スタジアムから横浜中華街までは二百メートルも離れていない。時刻はすでに深夜に差しかかり、人影はまばらだった。

中華街のシンボルともいえる善隣門《ぜんりんもん》の手前で懐《ふところ》のスマホが震動した。〈涼花〉の名が表示されている。

「受験生は夜更かしせずに寝ろよ」

「ロンさん。大変なことになった」

涼花は軽口を無視し、勢いこんで言った。普通の気配ではない。ロンは足を止めて「落ち着けよ」と呼びかける。

「完全に想定外。こんな展開になると思わなかった」

取り乱している涼花をなだめながら、どうにか話を聞き出す。チップに関わることだろうと見当をつけたが、案の定その通りだった。涼花は興奮の収まらない声音で言う。

「あいつ、神は神でも邪神だった」

「はあ？」

「ダゴンのこと。賭博の胴元とグルだったの」

ロンは耳を疑う。ダゴンはFPSゲームの伝説的プレイヤーだったはずだ。その著名人が、賭博の胴元とつながっていた？

それから、涼花はこのひと月の間に起こったことを語りはじめた。

「ダゴンが来たばかりのころは、チップも純粋に喜んでた。ダゴンって三十歳くらいの男の人らしいんだけどね。同じチームでできるなんて光栄です、って本人に伝えたみたい。

そしたら、色々よろしくね、って言われたんだって。その時は気が付かなかったけど、どうも普通の意味じゃなかったみたい」

その後、模擬練習のためチームでeスポーツ施設に集まる機会があった。そこでチップは、廊下でダゴンと先輩が親しそうに話している場面を見かける。古くからの知り合いなのだろうと想像したチップは、挨拶《あいさつ》をして通り過ぎようとした。

——待って、チップ。少しいいかな？

呼び止めたのはダゴンだった。「神」から名前を呼ばれたチップは、勢いよく引き返して直立不動でダゴンの発言を待った。その隣で先輩はにやにやと笑っている。チップを八百長に誘った人物であり、最近ではほとんど会話もしていない。

——前にこいつから注射誘われたでしょ？

きっと一喝してくれるんだ、と早合点したチップは期待に胸を躍らせた。

——はい。正直、困ってます。

——まあまあ、その気持ちもわかるよ。でもさ、受けてやってくれないかな？

一瞬、ダゴンが何を言っているのかわからなかった。みんなの憧れであるはずの神が、八百長を勧めている。チップは反射的に薄笑いを浮かべた。

——あの、冗談ですよね？

——俺はいつも本気だよ。

ダゴンは周囲を見回し、誰もいないことを確認してから話を続けた。

――ぶっちゃけた話、スポーツ賭博なんてこの業界に限った話じゃないし。イギリスではなんだって賭けにしちゃうだろ？　あれと同じノリだよ。できればチップも、大人な対応をしてほしいんだよね。

チップの視界は真っ暗だった。積み上げられてきた敬意が一瞬で崩れる。

――なんでダゴンさんが……

――だって俺、そのために復帰したんだよ。強いやつが出ればそれだけそいつのチームに賭け金が集まる。そこでうまいこと負けてジャイアントキリングを演じてやれば、うちのチームに集まった賭け金は胴元に流れる。こっちにもその一部が入る。客は熱い試合を楽しめて、俺たちは儲かる。みんなハッピーだ。

淡々と話すダゴンが、チップには知らない他人に見える。

――バレたらタダじゃ済まないっすよ。

――そうだね。でも、このチームのメンバーは絶対告発できない。告発すれば自分にも火の粉がふりかかる。そのリスクを負う勇気はない。そうだろう？

そんなことはない、とチップは言えなかった。一度でも炎上すればその痕跡《こんせき》はいつまでもネットに残る。顔を出して活動しているプロゲーマーにとって、炎上のリスクは計り知れない。ダゴンの声音が優しくなる。

——俺は誰よりも期待してるんだよ、チップ。このチームで俺の次に才能があるのはきみだ。神には届かなくても、天使くらいにはなれる。期待に応えてくれれば悪いようにはしないと約束する。わかった？

チップには、無言でその場を立ち去ることしかできなかった。

「……ダゴンは胴元の仲間で、賭けを盛り上げるためにチームへ送りこまれたってこと。最初にチームの先輩を引きこんだのもダゴンの仕業だったみたい。私もついさっき知ったんだけど」

電話の向こうで涼花が憂鬱《ゆううつ》そうに言う。

「チップはどうしてる？」

「学校には来てるけど、ずっとぼーっとしてる。トランジションにはその日から一度もログインしてないんだって。この調子だと、競技どころかゲームそのものをやめちゃうかもしれない」

クールな少年の面立ちが蘇《よみがえ》る。「神」と呼んで尊敬していた相手が、憎むべき賭博の中心人物だったと知った衝撃は想像するに余りある。自分が熱意を傾けてきたゲームそのものを否定された気分かもしれない。

「ロンさん、なんとかしてくれない？」

声を聞くだけで、涼花の泣き出しそうな顔が目に浮かぶ。

「たぶん、チップはダゴンや先輩が賭博をやっている限り、ゲームを続けること自体に後ろめたさを感じると思う。やっぱり、賭博のシステムそのものを潰《つぶ》さないとダメなんだよ。無茶なお願いだってわかってるけど……」

「わかってる。やるよ」

これ以上の懇願は必要なかった。涼花が「ほんとに？」と明るい声で応じる。

とはいえ、ロンに妙案があるわけではない。幼馴染みの警察官に頼るという方法もあるが、それはチップの本意ではないだろう。水面下で当人と直接話し合うしかない。

「どこに行けばダゴンに会える？」

「たぶん、チームの練習場に行けばいるんじゃないかな。チップがいつも通ってたから、施設の名前はわかるけど」

「教えてくれ」

涼花が告げた施設名を頭に叩《たた》きこんでから、ロンは通話を終えた。善隣門をくぐって夜の中華街に足を踏み入れる。ほとんどの店舗はすでに閉まっていた。寂しい夜の路上を歩きながら、ロンは思案する。

——さあ、どうするかな。


平日の昼下がり。上りの東海道線はさほど混雑していない。ロンは座席に腰を下ろし、ダゴンとの対話をシミュレートしていた。

「なあ。俺が一緒に行く意味ある？」

隣に座るマツがぼそりと言い、大口を開けてあくびをした。趙松雄《ジャオ・ソンシオン》――通称マツは、ロンの幼馴染みの一人だ。熱心に道場へ通う柔術選手であり、肉体の屈強さは服の上からでも見て取れる。頭は手入れしたばかりなのか、綺麗《きれい》な五厘刈りだった。

「一人だと舐められるかもしれないだろ。いかついやつがもう一人いるだけで、相手の印象も違う」

「じゃ、頑張って後ろで怖い顔しとくわ」

「それでいい」

二人が目指しているのは、チップの所属チームが練習場として使っているeスポーツ施設だった。川崎市内にあるビルのワンフロアを借り切り、最新型のPCやヘッドセットを整えている。涼花によれば、オフラインで会う時はもっぱらその施設を使っている、という話だった。

今日、そこへ行くことは事前に涼花にも伝えてある。もしダゴンがいなければ、会えるまで何度でも足を運ぶまでだ。

「ロンってそのゲームやったことあんの？」

ヒマを持て余したマツが問いかけた。オンラインゲームは未経験らしい。

「少しだけな」

「面白い？」

「面白いと思う。けど、俺には難しいな。絶対プロにはなれない」

「プロになれるのなんて、どの競技も一握りだろ」

　マツの言う通りだった。

　日本にはおそらく数十万、もしかすると数百万のＦＰＳプレイヤーがいる。そのなかでプロゲーマーとして生計を立てられるのは、多く見積もっても数十人。さらにトップと呼ばれるプレイヤーは一桁《ひとけた》台だ。

　チップの持つ才能はそれだけ希少なのだ。ロンには、その才能がみすみす潰《つぶ》されていくのを見過ごすことはできなかった。

　座席に身体を預けたマツが退屈そうに坊主頭を撫《な》でる。

「でも、ロンがそこまで入れこむなんてちょっと意外だわ」

「なんでだよ」

「ゲームとか興味ないんだと思ってた」

「ゲームはともかく、チップのことは気になる。それに……」

　思いついたのは少しくさい台詞《せりふ》だったが、構わず口にすることにした。

「爽《さわ》やかなカップルには、爽やかなままでいてほしいだろ」

マッは笑うことなく「そりゃそうだ」と答えて、またあくびをした。

目当てのビルは駅から徒歩数分の距離にあった。施設は会員登録すれば誰でも利用できる。ロンとマッはその場で登録を済ませ、足を踏み入れた。

ウェブサイトで確認していた通り、フロアにはPCがずらりと並んでいる。背もたれの高いゲーミングチェアや輝くキーボードが、ネットカフェとの違いを際立たせていた。壁には開催予定の大会のポスターが貼《は》られている。一際目を引くのは、「バトルロイヤル」と銘打たれた大会だった。FPSでは珍しく個人戦で、一か所に集められた大勢のプレイヤーのうち最後まで生き残った一人が優勝という趣向である。

二人は適当な席に陣取り、他の利用客の様子を窺《うかが》った。ダゴンの顔は事前に確認している。顎《あご》ひげを生やした、痩《や》せ型の男だ。利用者は十数人いたが、ダゴンと思《おぼ》しき人物の姿はなかった。

——空振りか。

それでもしばらくは粘ってみることにした。待っている間、マッに「トランジション」の遊び方を教えてヒマを潰す。

最初は「動きが速すぎ」「両手で操作なんてムリ」と言っていたマッだが、やけに飲みこみが早かった。試しに一緒にプレイしてみると、ロンよりもいい成績を叩《たた》きだした。

「才能あるんじゃね？」

「何やらせてもできちゃうんだよなぁ、俺って」

マツが軽口を叩くと同時に、新しい利用者が現れた。ロンはその人物から目が離せなくなる。細身の体型、ややくたびれた風貌《ふうぼう》、顎に生やしたひげ。マツにだけ聞こえるよう、小声でつぶやく。

「ダゴンが来た」

ロンは立ち上がり、行く手に立ちはだかった。マツもそれに続く。

薄手のジャージを着たダゴンには覇気がなかった。それと知らなければ、界隈《かいわい》で「神」と称される有名ゲーマーだとは気が付かないだろう。二人の手前で立ち止まったダゴンは、首をかしげた。

「何か？」

「ダゴンさんですよね」

「あっ、サインとか？　いいですよ」

ロンとマツをファンと勘違いしているらしい。

「違うんです。少し話したいことがあって。お時間、いいですか？」

「どなた？」

「チップの知り合いです」

その一言で何かを悟ったのか、ダゴンは「はっ」と気の抜けた笑いを漏らした。

「チップの友達ねえ」

「心当たり、ありますよね？」

「あいつからどう聞いてるのか知らないけど、こっちは話すことないんで」

去りかけたダゴンに、ロンが「いいんですか？」と呼びかける。

「話し合いに応じてもらえないなら、警察に通報しますよ」

ダゴンが余裕の滲《にじ》む顔で振り返った。

「ハッタリだ。そんなことすれば、チップの名前にも傷がつくぞ」

「賭博を野放しにするよりましです」

ロンはスマホで１１０番をタップし、画面を見せた。ダゴンは真顔になったが、まだ制止しようとはしない。ロンは躊躇《ちゅうちょ》なく発信する。まもなく通信指令センターにつながり、警察官が「事件ですか、事故ですか？」と尋ねた。

「違法賭博についての相談は可能ですか。プロゲーマーの……」

「やめろ！　話してやるから」

ダゴンがとうとう耐えかねた。ロンはにやりと笑い、「すみません。番号間違えました」と告げて通話を切った。ダゴンはとがった目でロンを見据えている。

「お前、頭おかしいのか？」

「よく言われます。あっちで話しましょう」

ロンが指さしたのは人気のない一角だった。打ち合わせのために整えられたのか、テーブルや会議用の椅子が並び、パーテーションで周囲と区切られている。ロンとマツ、ダゴンはそれぞれ四角いテーブルの各辺に座った。

「目的は何だ？」

ダゴンがいらだたしげに問いかける。

「FPSゲームの勝敗を対象にした賭博を、すべてやめてください」

「無茶言うねえ」

ダゴンは片頰《かたほお》だけで笑った。ぞんざいに足を組み、胸を反らせる。

「あのね、知らないなら教えてあげるけど、賭博の仕組みってものすごく巨大なわけよ。俺が一人でやめましょう、って言ったところでなくなるもんじゃないの。反社会的な人たちだって絡んでる。俺ですらパーツの一つでしかないんだから」

「でも、チップを八百長に誘ったのはあなたですよね。胴元とのパイプがあるんじゃないですか」

ダゴンはそれには答えず、「名前は？」と問うた。

「小柳龍一です」

「小柳くん。二千万円の借金ってしたことある？」

あるわけがない。ロンが首を横に振ると、ダゴンはうなずいた。

「だろうね。俺はあるよ。二千万円の借金。なんなら、今はもっと膨らんでる」

遠い目をしたダゴンが語りはじめる。

「現役時代にさ、神、神ってもてはやされて調子に乗ってたんだよね。金もあったし、ゲームでは負ける気がしなかった。おだてられて、いい気になって、知り合いのローンの保証人になったり、お店に出資したりしてさ。結果、いろんな人に裏切られて、お金を持っていかれた。最初はゲームの稼ぎで返済して、自転車操業でなんとかなってたけど、そのうち資産がショートした。で、残ったのが二千万円の借金。俺は競技ゲームの現役を引退して、行方をくらました」

ダゴンは右手で顔を覆い、指の間からロンを見た。

「でも借金を回収する側もプロだから、そう長くは逃げ回れない。じきに捕まって、返済を迫られた。やつらは俺がトッププレイヤーだったことに目をつけて、ゲーム賭博の協力者集めを命じた。八百長のためだな。拒否権なんてあるわけがない。俺は昔の知り合いで、金に困ってそうなプレイヤーを選んで声をかけた。それなりに人数は集まったけど、やつらはまだ満足しなかった。とうとう、俺が自分で出場することを求められた。神プレイヤーの威光はまだ健在だからな」

ロンとマツは顔を見合わせた。どうやら、説得してどうにかなる相手ではない。

「裏事情はわかってくれた？　俺がどうこうして止められるレベルじゃないの。賭博も八百長もなくならない。こんなところ来ても無駄だよ」

　ひらひらと右手を振ったダゴンは、席を立って去ろうとした。慌ててロンが呼び止めるより先に、パーテーションの裏側から一人の少年が現れた。長身に色白の肌。クールな顔には緊張がみなぎっていた。

　チップはロンを一瞥《いちべつ》した。涼花から、ここでダゴンと会うことを聞いたのだろう。

「……ダゴンさん」

「なんだよ。いたなら言ってくれよ」

「今の話、本当だとしたらダゴンさんも被害者じゃないすか。借金返せないなら八百長を手伝えなんて無茶苦茶っすよ。一緒に警察行きましょう」

　ダゴンは苦笑する。

「行けるわけないだろ。犯罪の片棒担いでるんだぞ。刑務所入れっていうのか」

「あんたは神なんだろ?」

　チップの目には怒りがこもっていた。

「神なら神のままでいてくれよ。これ以上、失望させないでくれよ」

「持ち上げたのはお前らだろ。知ったことか」

　ダゴンは勝手に話を切り上げ、席を立った。パーテーションの外へ歩きだそうとするダゴンに、チップはなおも語りかける。

「バトルロイヤル、出場するんすよね？」

近日開催される、個人戦の大会である。ダゴンは「ああ」と応じた。

「チームの方針だからな。まあ、復帰戦として派手に活躍させてもらうよ。神の復活を印象付けるため、胴元からも絶対優勝を厳命されてる。せいぜい引き立ててくれ」

「そこで俺が優勝したら、警察に行ってください」

その発言にロンはぎょっとする。

「何が嬉《うれ》しくて、そんな提案呑《の》むんだよ」

ダゴンは薄笑いを浮かべて鼻で笑う。たしかにダゴンにはメリットがない。

「……もし俺が優勝できなかったら、ゲーム引退します。今後、配信も一切やりません。

それでどうっすか？」

チップの顔は興奮で赤らんでいた。出まかせを口にしているようには見えない。本気だ。

ダゴンは諭すようにチップの肩を叩く。

「やめときなって。まだ若いんだから」

「受けるんすか。それとも、逃げるんすか？」

チップの口の端に蔑《さげす》むような笑みが浮かんだ。無理をしていることは傍目《はため》にもわかる。

それでもダゴンは挑発を真に受けたようだった。漂っていた余裕が消え、真顔になる。

「そこまで言うなら、受けてやるよ。きみら、今の話聞いたよな。証人になってくれ。こいつが優勝できなければ、ゲーム引退」

「待ってください」

ロンは口を挟んだものの、もう遅かった。チップが「そっちこそ」と言う。

「俺が優勝したら警察っすからね。約束しましたよ」

「負けるわけないけどな。いやあ、楽しみが増えた」

ダゴンは再びにやにやと笑いながら、今度こそ去っていった。見送るチップの顔にはまだ興奮の余韻が残っている。

「……負けたらゲーム引退なんて、約束して大丈夫か？」

ロンはよく「頭のネジが一本外れている」と言われるが、この少年も無謀ぶりでは負けず劣らずに見える。

「大丈夫っす」

向き直ったチップの顔は自信に満ちていた。

「この間、少しだけダゴンさんの練習風景を見ました。上手《うま》かったけど、以前のような神プレイではなかった。明らかに腕が落ちてる。今のダゴンさんなら俺は負けない。他のプレイヤーに少し注意すれば、余裕で優勝できます」

無謀だと思っていたが、計算したうえでの挑発だったのだ。

「なるほどね。ロンより頭いいんじゃね？」

マツの横槍《よこやり》を無視して、チップは宣言する。

「俺は絶対、優勝します。八百長は許されない。誰かがやめさせないといけないんすよ」

――すごいな、こいつ。

こういう展開になることを、もしかしたら涼花は望んでいないかもしれない。しかしロンは、リスクを負って勝負に出たチップを素直に賞賛したかった。この勝負は誰にでもできるものではない。神童と呼ばれるトッププレイヤーだからこそ、神との対決が成立するのだ。

ロンは、自分が静観しているだけなのがもどかしかった。何かチップのためにできることはないだろうか。ふと、壁に貼られたバトルロイヤルのポスターが視界に入る。

「この大会って、誰でも参加できるの？」

「予選のエントリー資格はないっすけど。プロでもアマでも。ただ、予選で各ブロックの一位にならないと本戦には参加できないっすよ」

「じゃあ、俺でも予選にはエントリーできる？」

「できますけど」

ロンは考える。バトルロイヤルは個人戦だが、もし本戦に出場できれば、直接チップの援護ができるかもしれない。大会まではまだ二週間ある。これから必死で練習すれば、上位入賞は無理でも本戦参加くらいは狙えるのではないか。

名案だ。ロンは一方的にマツの肩を組んだ。

「よし。今日からゲーム三昧《ざんまい》だ」

「えっ、俺も?」

戸惑うマツに「仲間は多いほうがいいだろ」と告げる。チップは冷めた顔でそのやり取りを見ていた。

「余計なことしなくていいすよ。一人で優勝できるんで」

「そう言うなって。こっちが勝手に出場する分には構わないだろ?」

とりあえず、家に帰ったらエントリー方法を調べるところからだ。呆《あき》れるようなチップの視線を浴びながら、ロンは意気込んでいた。

*

アサルトライフルから発射された弾丸が、標的からわずかに逸《そ》れた。

つい舌打ちが出る。素早く前進して距離を詰め、横回転で敵からの砲撃をかわし、照準《エイム》を合わせて撃《う》ちなおす。今度は命中。休む間もなく、壁の裏から現れた敵を近接武器で始末する。武器の持ち替えが一瞬だけ遅れ、ライフを減らしてしまった。

——くそっ。

かれこれ六時間ぶっ続けで練習しているせいか、さすがに集中力が落ちてきた。目は疲れているし、腰も痛い。いったん離脱することにした。ヘッドセットを外し、軽くストレッチをする。

ロンさんたちの前では余裕で優勝できるなんてうそぶいたけど、内心、不安はあった。腕が落ちたとはいえ、ダゴンさんは上手い。油断は禁物だ。それにバトルロイヤルは混戦になりがちで、思わぬ伏兵から攻撃を受けたりもする。少しでも優勝の確率を上げるためには鍛錬するしかない。

スマホを確認すると、涼花から電話が来ていた。プレイしている間は集中するためスマホの電源を切っている。もう深夜だ。迷ったが、なんとなく声が聞きたくなってかけ直した。涼花はすぐに出た。

「ごめん、練習してた？」

「うん。今は休憩中」

「調子はどう？」

「そこそこ」

涼花に心配をかけていることは自覚していた。

ダゴンさんとの勝負について涼花に話した時は、激怒された。

――なんでそんな無茶するの。優勝逃したらゲームできなくなるんだよ。

母親にも同じようなことを言われた。バカだね、とも。

大切な人たちから反対されることはわかっていた。それでも、俺にはこの方法しか思いつかなかった。だって、他にベットできるものがない。大金も権力もない俺は、プロゲーマーとしての誇りを賭けるしかなかった。

他愛もない雑談を交わした後で、涼花がふいに黙りこんだ。

「どうかした？」

「……もし負けても、別れてあげないから」

それを聞いてつい笑ってしまう。

「俺だって、別れたいなんて思ってない」

「だって、変なこと言い出しそうだから。負けたら勝手に責任感じて、一人で殻にこもったりしそうだから」

涼花の口ぶりは真剣だった。笑いが消える。

そういえば、涼花はいつも真剣だった。

知り合ったのは高二の春だった。一年の時は別々のクラスだったけど、涼花の名前だけは聞いたことがあった。横浜駅西口――ヨコ西に入り浸っている非行少女で、ドロップアウト予備軍。

実際の涼花は、普通の見た目だし学校にも真面目に来ていた。悪い噂のせいで学校では浮いていたけど、本人は平然としていた。友達がいなくても、みんなから敬遠されていても、動じることなく黙々と授業を受けていた。

俺も涼花ほどじゃないけどやっぱり学校では浮いていた。小学生のころからプロゲーマーで、メディアにも出ている俺はちょっとした有名人ではあった。クラスメイトのなかには下心丸出しで近づいてくるやつもいたし、逆にハナから敵対的な目で見られることもあった。面倒だから、学校での付き合いは最低限にとどめていた。

美術の授業で、男女一組になって互いの顔を描《か》く、という課題が出た。俺に声をかける女子はいなかったし、涼花を誘う男子もいなかった。自然と余りものの二人でペアを組むことになった。

俺は卒業さえできればいいから、限りなくいい加減に絵を描いた。まったく似ていない涼花の似顔絵は、三十分とかからず完成した。他の生徒も、受験に直結しない美術は適当に流せばいいと思っているのか、談笑したりこっそりスマホをいじったりしていた。

そんななかで、涼花だけは真剣に絵を描いていた。

俺の顔をじっと見ながら、画用紙に鉛筆で下書きをして、その上から入念な手つきで絵具を塗っていく。じっと観察されているうち、こっちまで緊張してきた。結局、涼花の絵は時間内に完成しなかった。

画材を片付けている最中、つい尋ねていた。

――なんでそんな真剣なの？　適当でいいじゃん。

涼花は真顔で答えた。

――真剣に生きないと、後悔するから。

当時は知らなかったけど、今なら涼花の言葉の意味がわかる。

一年の時、涼花が慕っていたヨコ西の先輩がビルから飛び降りて死んだ。それ以来、涼花は入り浸るのをやめた。きちんと学校に通い、アルバイトをするようになった。涼花は亡くなった先輩の分まで、真剣に人生と向き合おうとしていた。

涼花の絵は全然完成しなかった。俺も二枚目の絵を描くことにした。美術の時間が来るたび、俺たちはお互いを観察した。描きながら、ぽつりぽつりとゲームの話や家の話なんかをした。友達がいない涼花は、俺がプロゲーマーだと知らなかったらしく、すごっ、と叫んだ。

――本気でやってるんだね。カッコイイと思うよ。

真正面から褒められて、柄にもなく照れた。

そのうち、美術の時間以外にも話すようになった。連絡先を交換して、通話をするようになった。どちらも母子家庭だと知った。休みの日に遊びに行くようになった。何度目かのデートの帰り道、涼花から怒られた。

――いつになったら告白してくれるの？

こっちはとっくに付き合っているつもりだったから、びっくりした。でも涼花は「付き合ってほしい」と正面から言われることを待っていた。俺は真剣に謝って、そこから正式に交際がはじまった。

それから半年。お互い初めての恋人だからよくわからないけど、たぶん順調なんだと思う。まめに連絡を取り合って、たまに会って、手をつなぐくらいしかしてないけど、俺は結構満足している。

「ちょっと、聞いてる？　心配してるんだからね？」

電話の向こうの涼花に叱《しか》られた。たまに、二人目の母親って感じがしなくもない。でもやっぱり、涼花は涼花だ。

「ぼーっとしてた。心配させてごめん」

「いいけど。私が付き合ってるのは佐藤智夫だからね。そこ、忘れないように」

この先、たとえ「チップ」としての居場所を失ったとしても、「智夫」としての俺を認めてくれる人がいる。それが何より心強かった。

「じゃ。夜更かししすぎないように」

涼花はあっけなく通話を切った。俺は再びスマホの電源を切る。注意されたばかりだけど、少しくらいは夜更かししたっていいだろう。一世一代の勝負なのだから。

ヘッドセットを装着し、俺はまた「トランジション」の世界に潜《もぐ》りこんだ。

＊

ＦＰＳ「トランジション」バトルロイヤル本戦、当日。

ロンとマツは、またしても川崎市内のｅスポーツ施設にいた。マツはヘッドセットを首にかけ、マウスやキーボードの位置を確認している。その隣に座るロンは、準備に余念のない幼馴染みをぼんやり眺めていた。

痺《しび》れを切らしたように、マツが「あのさあ」と言う。

「小柳選手よ」

「何か？」

「あれだけ大口叩いといて、圧倒的な早さで予選落ちするのやめてくれない？」

ロンは情けなさをごまかすように、「ゲームって難しいな」と頭を掻《か》いた。

数日前の予選に出場したロンは、開始早々に他の参加者に撃たれてリタイアした。自分なりに練習を積んだつもりだったが、思いのほかレベルが高く、初心者に毛が生えた程度のロンでは太刀打ちできなかった。

一方、活躍を見せたのがマツだ。ロンに引っ張られる格好で渋々練習をしていたマツだが、持ち前の動体視力と反射神経を発揮し、めきめきと上達した。そしてなんと予選でブロック一位を獲《と》り、本戦へ出場することになった。

本戦出場者は十五名。そのうちの一人がマツだ。事前に配られた本戦出場者一覧には、軽々と予選を通過した「チップ」「ダゴン」の名もある。その他の出場者も、界隈で有名な強者《つわもの》ぞろいだった。

「才能があると困っちゃうね」

マツはさすがに緊張しているようだが、それでも軽口は忘れない。

「その才能を有益なことに使えよ」

「有益だろ。未来ある一人のゲーマーをサポートできるんだから」

そう言って、マツは視線を動かす。少し離れた席にチップがいた。

当初は自宅から参戦する予定だったが、通信環境が不安定になったとかで、急遽《きゅうきょ》この施設を使うことにしたらしい。

チップからはついさっき、「以後、絶対に話しかけないでください」ときつく言われたばかりだった。まだ開始まで三十分あるが、チップはすでにヘッドセットを装着し、瞑目《めいもく》していた。言われるまでもなく、話しかけられる空気ではない。

「いいか、マツ。あくまで個人戦だからな。露骨にチップの味方とわかるプレイなんかするなよ。さりげなく、な」

大会はあくまで個人戦だが、マツの狙いはチップ以外の出場者を攻撃することだ。ただし、チップからは「俺見かけたら、攻撃してくれてもいいっすよ」と言われていた。「どうせ当たらないと思うんで」とも。

「なあ、これはルール違反じゃないのか？」

「共闘は、ルールでもちゃんと認められてんだよ」

この大会では、プレイ中のコミュニケーションは禁じられているものの、プレイヤー同士の共闘《チーミング》は禁じられていない。実際、同じチームから本戦に出場しているプロゲーマーもいる。

共闘が認められているのは、バトルロイヤルでは最後の一人になるまで試合が続けられるからだった。仮に同一チームのメンバーが勝ち残ったとしても、誰か一人になるまで削り合いは終わらない。優勝者はたった一人である。

味方だと思っていた相手に裏切られたり、思わぬプレイヤーに救われたり、といった展開がこの大会の醍醐味だった。

「まあ、せいぜい頑張るわ」

開始時刻が近づいてきた。マツがヘッドセットを装着する。

この大会の模様は、オンラインで配信されることになっていた。ロンが別のＰＣで配信元にアクセスしてみると、開始前だというのにすでに数千人が集まっていた。出場者の紹介や過去の大会の模様などが映し出されている。

──ダゴンが何をしてくるか。

ロンはディスプレイを眺めながら考えていた。

明らかに腕が落ちている、というチップの見立てが事実なら、なぜあそこまでダゴンが自信満々だったのか腑《ふ》に落ちない。かつて「神」と呼ばれたほどの男なら、自分の実力は客観的に判定できるはずだ。弱くなっているはずのダゴンが、チップに対して高圧的に出られるだけの理由があると見ていた。

本戦出場者のなかに、強力な仲間がいるのか。腕が落ちているのは演技だったのか。替え玉でも使うのか。あるいは別の仕掛けがあるのか──

いずれにせよ、ダゴンの挙動には注意する必要がある。

試合開始前、マツのもとに運営事務局から電話があった。プレイしているのが本人だと確認するため、簡単なやり取りを行っている。おそらく替え玉防止のためだろう。

視聴者用の画面には、実況を務めるアナウンサーと、解説のベテランゲーマーが登場した。二人の姿はすぐに右上のワイプに追いやられ、画面の大半はバトルロイヤルのエリア全体を俯瞰《ふかん》したマップで占められる。

アナウンサーがルールを説明する。

「今大会はワンライフ制です。参加者はヒットポイントがゼロになり、ライフを失った時点で強制的に退場となります。ただし、試合開始から六十分を過ぎた時点でエリアの崩壊がはじまります。崩壊に巻き込まれた場合も即、ライフを失います。最後までエリアに留《とど》まっていた一名が優勝者となります」

開始が近づくにつれて、同時接続者数が数万人に跳ね上がっていた。まだまだ増えそうな勢いだ。観戦者が入力したコメントが、画面の右側に次々と表示される。〈神降臨〉〈GLHF〉といった大量のコメントが滝のように流れていく。

マツは右手でマウスを持ち、左手でキーボードを叩く準備をしている。離れた場所にいるチップを見ると、やはり同じポーズだった。すでにプレイヤーたちはエリア内にランダムに配置されている。

「スリーカウントの後にいよいよ、試合が開始します！」

アナウンサーが煽《あお》り、コメントの流れる勢いがさらに激しくなる。プログラムされた音声がカウントする。

スリー、ツー、ワン。

スタート。

十五人のプレイヤーが一斉に動き出した。エリアは巨大な廃工場を模したものであり、機械や階段などの物陰が至る場所にある。各プレイヤーには他のプレイヤーの居場所が知らされていないため、どこから敵が飛び出てくるかわからない。

一方、視聴者はすべてのプレイヤーの現在地を見ることができる。マツとチップのいる場所は、エリアのほぼ対角線上だった。共闘とはいえ、一緒に行動するのは難しそうだ。もちろん、こうした情報はプレイヤー本人に伝えてはいけない。

マツは慎重に前進していた。謎《なぞ》の装置や階段の下に隠れながら、まばたきもせずに敵を探している。いつになく緊張した幼馴染みの横顔は新鮮だった。

隣の部屋への扉を開けた瞬間、突如、左側から銃弾が飛んできた。敵が潜んでいたのだ。銃弾を連射する音と、飛び散る火花。一方的に撃たれ、ヒットポイントが見る間に減っていく。慌てて扉を閉めて退避する。

「ヤバい」

独り言をつぶやきながら、マツは武器を切り替えている。アサルトライフルから近接用のショットガンへ。呼吸を整え、再び扉を開ける。敵がいた場所へ続けざまに銃弾を連射した――はずが、そこには誰もいなかった。

「あれ?」

マツの顔色が変わる。

次の瞬間、扉の裏側から現れた敵にナイフで突き刺された。

「おい!」

横で見ていたロンが思わず叫ぶ。ヒットポイントはさらに減少する。マツは逃げながら敵への反撃を試みた。少しだけダメージを与えられたが、マツは早くも瀕死《ひんし》だ。どうにか別の部屋へ移動して逃げおおせる。

「慎重に行けよ」

ロンが言った端から、パン、と銃声が鳴り響く。次の瞬間、マツのヒットポイントはゼロになり、視界が暗転した。ライフを失ったのだ。この大会はワンライフ制。これで、マツの敗退が決定した。

「は？」

「何が起こった？」

ロンとマツはそろって混乱していた。視聴者用の画面を確認すると、マツを撃退したプレイヤーは細長い銃を持っていた。

「スナイパーライフルだ」

それは、遠距離から相手を攻撃できる武器であった。おそらく視界の外から巧妙に狙ったのだろう。殺傷能力の低い武器だが、瀕死のマツにはそれでも十分だった。マツは十五人のなかで最初の敗退者となった。

「あー、くそっ！」

マツが悔しそうに、拳《こぶし》で自分の太ももを叩いていた。曲がりなりにも予選で一位を獲ったにもかかわらず、本戦ではあっさりとやられてしまった。

「やっぱり、レベルが違うみたいだな」

「予選の時とは全然違う。結局何もできなかった」

マツはペットボトルのコーラを飲みながら、反省の弁を述べた。すっかり視聴者モードに切り替わっている。チップを助けられなかったのは残念だが、仕方ない。ここまで実力に差がある以上、どうしようもなかった。

マツと戦った相手もその直後に倒された。残るプレイヤーは、十三人。


試合開始から三十分が経過した。ここまで、チップはトッププレイヤーにふさわしい活躍を見せている。

まず、階段の踊り場で遭遇した相手を無傷で葬った。続いて、ラインの装置に隠れていた相手を遠距離からの狙撃《そげき》であぶり出し、接近して始末。さらに屋上で交戦したプレイヤーを一方的に撃退した。

ほぼダメージゼロで三人を倒したチップには、多くのコメントが寄せられていた。〈ナイスショット〉〈神童きた〉〈GOAT〉といった内容は、ロンには半分ほどしかわからないが、おそらく賞賛なのだろう。

ただし、最も注目を集めていたのは「神」ことダゴンだった。彼は開始三十分のうちに、チップを上回る四人のプレイヤーを仕留めていた。

ダゴンは、照準《エイム》を合わせるのが異常なまでに正確であった。FPSでは互いに動きながら、相手に狙いを定める。そのため、基本的には当たらない弾のほうが多い。命中率は概《おおむ》ね10パーセント、どんなに高くても20パーセントといったところだ。しかし、ダゴンの今大会での命中率は50パーセントに達している。視聴者からはダゴンへの賛辞が殺到していた。

「この正確さこそが、神と呼ばれる所以《ゆえん》ですよね」

解説のゲーマーが訳知り顔で語る。

「ダゴン選手はどこからでも、どんな状況でも相手に当てることができますから。引退して二年経つんで、正直大丈夫かなと思ってたんですけど、むしろ前よりも精密になってますね。まったくブランクを感じません」

「聞いてた話とずいぶん違うな」

すっかり一視聴者になったマッが、ぼそりとつぶやいた。

チップいわく、以前と比べてダゴンの腕は落ちているはずだった。やはり練習では実力を隠していたのだろうか。ただ、チップがダゴンの練習を見たのは対決を決める前だったはずだ。チームの仲間に実力を隠す意味があるだろうか？

ロンには引っかかるものがあったが、その正体はまだわからない。

残るプレイヤーは六人だった。

「おっと、そろそろダゴン選手とチップ選手が遭遇しそうです」

アナウンサーの言葉につられてエリアマップを見ると、たしかに二人の距離が近い。慎重に進むチップの行く手、物陰にダゴンが潜んでいる。

「気をつけろよ……」

ロンのつぶやきも虚《むな》しく、チップは先制攻撃をしかけられた。

ダゴンが物陰から飛び出し、ジグザグに動きながらアサルトライフルでチップを狙い撃つ。その精度は相変わらず異常なまでに高い。チップも応戦するが、それ以上のスピードでヒットポイントが減っていく。

「ヤバい！」

「逃げろ逃げろ！」

ロンとマツは画面にかじりついて応援するが、チップは意地でも抵抗したいのか、その場から逃げようとしない。ロンはつい、同じフロアにいるチップに向かって「落ち着け！」と叫んだが、ヘッドセットをした少年には聞こえない。

蒼白《そうはく》なチップの横顔からは、今にも歯ぎしりが聞こえてきそうだった。

――本当にまずいかもしれない。

チップは冷静さを失っている。最大の敵であるダゴンを、なんとしてもここで倒さなければいけないと息巻いている。まだ試合は中盤だ。いったん逃げて体勢を立て直したほうがいい、ということは素人のロンにもわかった。

落ち着きを失ったチップのヒットポイントが目減りしていく。画面の向こうに、ダゴンの薄笑いと涼花の泣き顔が透けて見えた。ロンは手出しできない自分に苛立《いらだ》つ。視聴者たちのコメントが流れていく。

〈ダゴンが強すぎる〉〈人の子じゃ神に勝てない〉〈しょせん子ども〉

ロンとマツは、もはや沈黙していた。

――ここまでなのか？

絶望しかかった、その時。

なぜか、ダゴンの攻撃の手が止まった。

「えっ？」

ロンの口からつぶやきが漏れる。一瞬戸惑ったチップだが、すぐに状況を理解し、その場から離脱した。ヒットポイントは半分ほど失ったが、まだ挽回《ばんかい》できる。何が起こったのかわからないが、ひとまず安堵した。

「二人の戦闘に乱入者がいたようですね？」

アナウンサーの質問に、解説のゲーマーがうなずく。

「別の選手が、スナイパーライフルで遠距離からダゴン選手を狙撃したんですね。そのせいでダゴン選手の攻撃が一時的に止まってしまったようです」

このゲームでは、攻撃がヒットするとほんの一秒だが操作が効かなくなる。連射を命中させれば、その分、相手の動きを長く止められるということだ。

「なるほど。チップ選手にとっては救世主ですね。その選手の名前は？」

「えーと、蟹王《かにおう》という選手のようです。私も初めて聞きます」

「なんじゃ、その名前」

マツがコーラを飲みながらツッコミを入れる。たしかに奇妙な名前だが、この際それはどうでもいい。蟹王なるプレイヤーからすれば、最有力候補のダゴンを攻撃できる貴重なチャンスだったのだろう。おかげでチップは窮地を脱することができた。

「この乱戦ぶりもバトルロイヤルの魅力ですね」

「はい。個人戦であるだけに、場面場面でプレイヤー間の利害関係が目まぐるしく変化しますから」

実況と解説の会話を聞きながら、ロンは思う。

よく考えれば、蟹王があの場面でダゴンを狙うのは合理的でない気がする。

ダゴンとチップの交戦を傍《はた》から見れば、どう見てもチップのほうが劣勢だった。あの状況なら、ダゴンと結託したほうがより確実にチップを倒すことができる。バトルロイヤルを勝ち上がるなら、一人ずつ着実に潰すべきだ。ましてや、有力プレイヤーのチップを排除するチャンスだったのだ。それなのに、蟹王はダゴンを攻撃した。

——何を考えてるんだ？

蟹王というプレイヤーの意図が読めない。

そうこうしているうちに、ダゴンは別のプレイヤーと遭遇した。またもジグザグに動きながら、狙いすましたかのように銃撃を相手に命中させる。蜂《はち》の巣になった相手は数秒後にライフを失った。実況が興奮ぎみに叫ぶ。

「ダゴン選手、5キル目！」

「神がかってますね……おや？」

モニターに映った画面はフリーズしていた。どうやら、倒されたプレイヤーの強制退場がうまくいっていないらしい。〈どうした？〉〈止まってんぞ〉といった視聴者のコメントが流れる。

「申し訳ありません。通信環境のチェックを行います。今しばらくお待ちください」

すかさずアナウンサーが言い添える。

「eスポーツならではのトラブルだな」

マツが呑気《のんき》につぶやいた。視聴者はまだしも選手にとっては災難だ。急に中断されれば、集中が途切れてしまう。

ロンはフリーズした画面から視線を外し、チップの様子を確認しようとした。するとちょうど、チップがつかつかと歩み寄ってくるところだった。色白の顔が真っ赤に染まっている。その迫力に気おされ、思わずのけぞる。

「……どうした、大丈夫か？」

眼前に立ったチップは憤りを露《あら》わにしていた。

「ダゴンはチートツールを使ってる！」

その口調は確信に満ちている。

チートツールについては、以前ヒナから教えてもらった。簡単に言えば、ズルをして勝つためのソフト。もちろん公式から禁じられている行為だ。

――プレイヤーのなかにはそういうズルをして勝とうとする人もいる。

「なんでそう思った？」

「ダゴンの動き、練習の時とは明らかに違う。たぶんＡＡ《オート・エイム》のプログラムを入れてる」

「でも、トランジションのチート対策は強力なんだろ？」

「完璧《かんぺき》はないっすよ。チートツールの開発と対策は常にいたちごっこっすから」

ロンは再び考える。たしかに、それなら練習と比べて別人のようなプレイを見せている理由になる。ダゴンがやたらと自信にあふれていたことも、異常な命中率を叩きだしているのも納得できる。

「みんな、神の称号に騙《だま》されてるんすよ。命中率50パーセントなんてあり得ない。人間のプレイでは出せない数値なんです」

「いちプレイヤーとして、その意見はわかる」

マツが訳知り顔で同意する。

「ダゴンの実力だという可能性は、万に一つもないんだな?」

「絶対にないっす。あれはプログラムされた神だ」

あのクールなチップがここまで力説しているのだ。ロンはもはや疑いを持っていなかった。横目でモニターを確認する。アナウンサーが、あと二、三分で通信環境が復旧する、と告げていた。

「さて、どうするか。大会の運営にチクるか?」

「証拠がないっすよ。終わってから検証するしかない。それも、証拠を隠滅されたら終わりなんすけどね」

「SNSとか掲示板で騒ぐのはどうだ」

マツが口を挟んだが、チップは首を横に振る。

「それも結局、証拠がないと。言うだけ無意味っす」

「……打つ手なしか」

妙案は浮かばない。頭を悩ませるロンとマツに、チップは「大丈夫っす」と言った。

「勝てばいいんすよ。俺が優勝すれば、警察に行く。そう約束したんすから」

「それはそうだけど」

ダゴンが素直に約束を守るかどうか、ロンには疑問だった。しかしチップは心から信じている。幾度か首を鳴らし、両頰を叩いて気合いを入れた。

「心配しないでください。相手がチーターだろうが、俺は勝ちますから」

アナウンサーが一分後の再開を告げた。チップは自分の席へ戻っていく。眉をひそめたマツがゆっくりと振り向いた。

「機械相手に、勝てるのか？」

「……信じるしかないだろ」

エリアの外にいる二人には、チップを信じることしかできない。きっと別の場所で祈っているであろう涼花と同じように。

残るプレイヤーは、五人。


試合開始から五十五分が経過した。

通信トラブルで一時中断したことが功を奏したのか、チップは落ち着きを取り戻していた。中庭で遭遇したプレイヤーと撃ち合いになり、一発も食らうことなく撃破してみせた。このゲームではヒットポイントの回復はない。ダゴンとの戦闘でその半分を失っているチップにとって、無傷で相手を攻略したことの意義は大きい。

ダゴンも負けてはいない。得意の精密すぎる射撃でプレイヤーを一人、葬った。

開始六十分でエリアの崩壊がはじまるが、現時点でまだ三人が残っている。ダゴン、チップ、そして蟹王。よほどの急展開がない限り崩壊は避けられない。

「勝負を終わらせるための特別措置、ってことだよな?」

マツの問いかけに、ロンは「たぶんな」と応じる。

崩壊するにつれてエリアは狭くなる。その分、残されたプレイヤーが一か所に集まりやすくなり、必然的に戦闘が起こる。バトルロイヤルとはいえ、観客のいる公式試合であり、制限時間なしというわけにはいかないのだろう。

「まずいな」

ダゴンのヒットポイントはまだほとんどフルで残っている。ロンが言うまでもなく、チップの置かれている状況は不利だった。ダゴンの命中率を踏まえれば、一対一で交戦すればまず勝てない。

開始から六十分を目の前にして、残る三人のプレイヤーはにわかにエリアの中央に集まりはじめた。「トランジション」の仕様として、崩壊は周縁部から起こることになっている。崩壊に巻き込まれれば、ヒットポイントが残っていても即ライフを失うルールだ。すでにプレイヤーたちの距離は近くなっている。

「さあ、刻限まであと三十秒です」

アナウンサーがどこか浮足立った口調で言う。

「残り十秒。九、八、七……」

停滞していたコメントが再び活気づく。

〈もうダゴンで決まりだろ〉〈チップはどこまで抵抗できるかな〉〈蟹王って誰？〉

「……二、一、ゼロ。エリアの崩壊、開始！」

実況と同時にエリアの端から少しずつ床が抜けはじめた。徐々に、しかし確実に、廃工場は狭まっていく。プレイヤーたちは遭遇を余儀なくされる。

チップはエリア中央にある資材庫に飛びこんだ。薄暗い庫内にはたくさんの棚が立ち並び、身を潜める場所には困らない。アサルトライフルを構えながら、チップはゆっくりと進む。視聴者であるロンとマツは、すぐそばにダゴンが隠れていることがわかっていた。

「気をつけろ！」

「そこにいるぞ！」

二人は我を忘れて応援したが、その声は本人には届かない。

チップが新たな一歩を踏み出した瞬間、右前方で火花が散った。ダゴンのアサルトライフルが火を噴いた瞬間だった。

「うわ、ヤバい」

「逃げろ、逃げろ！」

しかしチップはその場に留まり、応戦することを選んだ。接近しながら武器を切り替え、ショットガンを連射する。弾は当たっているが、それでもダゴンのほうが正確さでは勝る。

あっという間にヒットポイントが減っていく。

「やっぱりダメだ！」

「相手がチーターじゃムリだって」

その時、もう一人のプレイヤーが現れた。火炎放射器を構えた蟹王だった。

「来た！」

ロンとマツの声が揃《そろ》う。

蟹王は二人の間に割って入り、炎を噴射した。オレンジ色の火炎が煙幕となってダゴンとチップの視界を塞《ふさ》ぐ。その隙《すき》にチップは棚の間に退避した。炎が消えると、蟹王はすばやく武器をショットガンに切り替えてダゴンを攻撃する。

棚のせいで互いに身動きが取れないまま、ダゴンと蟹王は真正面から撃ち合う。

「いいぞ、いいぞ！」

ロンたちは喝采《かっさい》を送ったが、それもひとときだけだった。異常な命中率を誇るダゴンが相手では、削り合いで勝つ術《すべ》はない。とうとう蟹王は膝《ひざ》を屈した。ヒットポイントが尽きた瞬間、蟹王はエリアから強制退場となった。

「ああっ！」

残るはダゴンとチップの二人。ダゴンのヒットポイントはまだ半分以上残っている。瀕死のチップを始末するため、ダゴンは棚の間を一つずつ見て回る。しかし、資材庫のどこにもチップの姿はない。

ダゴンは急いで部屋を飛び出す。

狭まったエリアのなかをダゴンは駆けまわる。あと少し、チップを撃ちさえすれば勝てる。優勝を目前にした焦りは、誰の目にも明らかだった。

しかしチップの姿は見つからない。五分が経過しても、十分が経過しても、ダゴンは最後の標的を見つけ出すことができない。せわしなく動き回る彼の姿からは、心の叫びが聞こえてきそうだった。

どこにいる！

ダゴンの左前方で影が動いた。反射的にアサルトライフルでそれを撃つ。しかし影はチップではなく、崩れていくエリアの一部だった。すぐそこまで崩壊が迫っている。巻き込まれれば即死亡だ。ダゴンはいったん崩壊から逃げた。

走り回るダゴンは、とうとう製造室の片隅でチップを発見した。大型装置の陰に隠れているが、半分見えている姿はまぎれもなくチップだ。

アナウンサーが叫ぶ。

「とうとう二人が交戦した！」

ダゴンが撃つよりコンマ一秒早く、チップが先に撃った。ダゴンのヒットポイントがわずかに減少する。ダメージを受けたダゴンは一秒間、動きを止める。ダゴンは反撃を試みるが、その一秒の間にまたもチップに撃たれる。

　最後の交戦を見ながら、解説を担当するゲーマーが語る。

「実はこのゲームには、理論上可能な必勝法があるんですよ」

「必勝法？」

「ええ。ダメージを受けたプレイヤーは一秒間、操作できなくなる。それがこのゲームの仕様です。つまり、毎秒攻撃を命中させ続けることができれば、絶対に負けないんです」

「……そんなこと、可能なんですか？」

　尋ねたアナウンサーに、解説者は「ムリでしょうね」と答える。

「現実的には、命中率１００パーセントなんて不可能です……神でもない限り」

　チップはショットガンを撃ち続ける。一秒ごとに、正確にダゴンの身体を狙って撃つ。一度でも外せばダゴンの反撃を受ける。たった一度の失敗も許されない。その超絶技巧を、チップは成し遂げ続けていた。

　にわかに視聴者が沸騰しはじめる。

〈おいおいマジか〉〈人間業じゃねえ〉〈神童超えた〉

　ロンはプレイするチップの横顔を垣間見《かいまみ》る。真っ白な顔をしたチップがおそろしい速さでキーボードを操作している。これが、いわゆるゾーンに入った状態なのか。幽鬼を見た気分になり、ロンは身震いした。

ダゴンのヒットポイントは急減し、残りわずかとなった。あと数発当てれば勝てる。

「押し切れ！」

「いけるぞ！」

ロンとマツが絶叫する。

しかし、チップはなぜか攻撃の手を止めた。元いた物陰へと逃げこむ。

「弾切れなのか？」

アナウンサーが叫んだ。ロンの耳に、ダゴンの笑い声が聞こえた気がした。

——ここまで来たのに。

ダゴンが余裕をもってショットガンを構えた次の瞬間。

彼の立っていた床は、暗闇《くらやみ》の底へと消えていった。エリアの崩壊に巻き込まれたダゴンの姿が、闇のなかへと墜落していく。二人が交戦している間に、崩壊はすぐそこまで迫っていたのだった。

ＦＰＳゲームでは、自分の正面しか視界に入らない。ダゴンは撃たれている間、すぐ背後まで崩壊が迫っていることに気が付けなかった。チップの本当の目的は、ヒットポイントをゼロにすることではなく、崩壊に巻き込まれるまでダゴンをその場に釘付《くぎづ》けにしておくことだったのだ。

生存プレイヤーが一名になり、エリアの崩壊は停止した。

「試合終了！」

アナウンサーの宣言と同時に、チップはヘッドセットを外した。ゲーミングチェアに身体を預けて、ぐったりと天井を眺めている。精根尽きた様子だった。ロンとマツはすかさず駆け寄り、肩を揺さぶる。

「よくやった！」

「すげえな！」

まともに応じる体力も残っていないのか、チップはかすかに笑っただけだった。

画面のなかでは、コメントが視認できないほどの勢いで流れている。同時接続者数は数十万人にまで膨れ上がっていた。

〈歴史に残るプレイ〉〈もはやチップが神だろ〉〈新しい神誕生〉

アナウンサーと解説者は、興奮した様子で語り合っている。

「優勝は弱冠十七歳のチップ選手ですが、壮絶な戦いでしたね」

「敗れはしましたが、ダゴン選手もすばらしいファイトでした」

「そうですね。ダゴン選手にもコメントをいただきたいですが……あれ、もう退出されましたか？」

いつの間にか、ダゴンはログアウトしていた。それに気付いたマツが「あの野郎、逃げたぞ」と悪態をつく。ロンは「ほっとけ」と答えた。

「あいつのことは後でいい。それより連絡してやれよ」

チップは何かを思い出したように、はっと起き上がった。スマホの電源を入れ、どこかへ電話をかける。通話はすぐにつながった。

「あっ、涼花か。見てたよな……」

恋人と話しはじめたチップのそばを、ロンたちはそっと離れた。マツはなぜかすがすがしい顔をしている。

「よかったな。爽やかなカップルを守れて」

「俺たちは見てただけだけどな」

「ロンと違って俺は本戦に出場したから」

「そうだったっけ？」

チップは全力を尽くし、やるべきことをやった。ここから先は大人の仕事だ。

翌月。ノートパソコンに向かって一部始終を語り終えたロンは、ペットボトルの炭酸水で喉《のど》を潤した。ウェブ会議ツールの画面にはヒナが映っている。

「……そういうわけで、勝負に勝ったチップはゲームをやめずに済んだ、ってこと」

ロンの声が自室に響く。ヒナは「そっか」と応じた。

「とにかく、涼花ちゃんが傷つくことにならなくてよかった」

ヒナの反応は思っていたより鈍い。まるで、すでに事情をわかっていたかのようである。涼花とヒナがSNSを通じて連絡を取り合っていることは、ロンも知っていた。

「もしかして、涼花から聞いてた？」

「だいたいはね」

「なんだよ。だったら協力してくれればよかったのに」

「私もしたよ、協力」

ヒナが不満げに口をとがらせる。何のことを言っているのかロンには見当がつかない。

「ま、いいや。その後、ダゴンはちゃんと約束を守ってくれたの？」

「それなんだけどな……」

ロンはバトルロイヤルの後に起こった一連の出来事を話しはじめた。

大会後、ダゴンは一切の連絡を断った。チームのメンバーがメールを送ろうが、スタッフが電話をかけようが、ダゴンはまったく反応を返さなかった。SNSやツイッチでも発信せず、完全に音信不通となった。

——逃げられた。

チップは約束を破るため、ダゴンがどこかへ身を隠したのだろうと考えていた。

ただ、ロンの予想は少し違う。例の約束はただの口約束であり、ダゴンにとってごまかしが利くものだ。そんなことは言っていない、と主張すればいいだけの話で、有名ゲーマーがその地位を捨ててまで回避するほどのこととは、正直に言って思えない。ロンが着目したのは、ダゴンのいくつかの発言だった。

——反社会的な人たちだって絡んでる。

——胴元からも絶対優勝を厳命されてる。

これらの発言から、ダゴンは「反社会的な人たち」から「優勝を厳命」されていたと推測される。では、バトルロイヤルで優勝できなければどうなるか。ダゴンが音信不通になったのはその答えであるように思えた。

「……優勝を逃したダゴンは、連れ去られたってこと？」

仮説を聞いたヒナがこわごわと尋ねた。

「あくまで仮説だけどな」

「チップには？」

「言ってない。言えば、罪悪感に駆られるかもしれない。少なくともあいつが自分で気付くまで、俺からは伝えない」

ヒナは神妙な顔で「そうだね」と言った。

ダゴンへの同情心はない。増長し、見栄《みえ》を張り、多額の借金を重ねた挙句に八百長へ手を貸したゲーマーに、同情しろというほうが難しい。ただ、一抹の気の毒さがないではなかった。若くしておだてられ、大金を手にすれば、地に足のついた生活を維持することは難しい。

ゲーム業界が隆盛することに疑問はないが、神輿《みこし》に乗せた人間を放《ほう》り捨てるようなことはしないでほしい、とロンは願う。

「チップは大丈夫かな」

ヒナがぽつりと言った。

「バトルロイヤルの件、競技ゲーム界隈はすごく盛り上がってる。ダゴンに代わって、今はチップが神だって呼ばれてる。例のプレイ動画はもう百万回以上再生されてて、もっと伸びそうな勢い」

その動画ならロンも見た。バトルロイヤルの最終盤、チップとダゴンの戦いを収録したものだった。一発でも外せば負けという状況で、チップはひたすら銃弾を命中させ続けた。神業と呼ばれるにふさわしいプレイだった。

「チップも大人たちから持ち上げられて、変な方向に進まないといいんだけど」

「大丈夫だろ、あいつは。涼花がいれば」

気休めではなく、ロンは本心からそう思っていた。チップと涼花が互いに誠実であり続ける限り、彼らが道を踏み外すことはないと信じている。万が一、その兆候が見えた時にはロンが飛んでいくつもりだった。

「それで結局、賭博のことはうやむやで終わっちゃうのかな。ダゴンがいなくなって、それで終わり？」

「いや。チップは近いうちに告発するらしい。先月から弁護士に相談してるって」

「いいの？　チームに迷惑かかるんでしょ？」

「今回のことで吹っ切れたんだと。もしそれで恨んでくるようなチームなら、自分で移籍先を探すって。国内だけじゃなくて海外からもオファーが殺到してるみたいだし、あいつならどこにでも行けるよ」

ロンがその話を聞いたのは数日前、チップと電話で話した時だった。少年は決意のこもった口ぶりで言った。

――俺は頂点に立っちゃったんすよ。頂点には、頂点なりの責任があります。この業界にはちゃんと自浄能力があるってことを、証明しないといけないんすよ。それがトップの責任です。

チップは出会ったころよりも大きくなっている。立場が人を作るというのは、本当なのかもしれない。

「まあでも、チップも危なかったけどな」

ロンはバトルロイヤルの光景を思い出していた。チップには二度、窮地があった。どちらもダゴンとの交戦であり、どちらも第三者の乱入によって救われた。

「蟹王がいなかったら今ごろどうなってたか」

それを聞いたヒナが、なぜか冷ややかな顔で「ふーん」と言った。

「感謝してる?」

「そりゃ、してるよ」

「誰に?」

「だから、蟹王に」

「蟹王ね。か、に、お、う」

「……どうした?」

ヒナはやたらと突っかかってくる。マネキンのように整った顔が不愉快そうにゆがむ。

「まだわかんないの?」

「わかんない、って?」

「ローマ字にすればわかるよ」

突然、ヒナはウェブ会議ツールから退出した。わけがわからない。

「なんだよ、あいつ」

取り残された格好のロンは、言われるまま手元の付箋《ふせん》にボールペンで書いてみることにした。「蟹王」をローマ字に変換する。

〈KANIOH〉

ロンはじっと文字列を眺める。この文字の並びを、どこかで見たような気がする。

「あっ」

閃《ひらめ》いた。もう一枚の付箋に、並び替えた文字列を書きこむ。

〈ＨＩＮＡＫＯ〉

ついさっきヒナが口にしていた台詞が蘇る。

――私もしたよ、協力。

ヒナは誰よりもチップに協力していた。自宅のパソコンから。仰向《あおむ》けに寝転んだロンは、天井を見ながら独り言をつぶやく。

「……先に言えよ」

起き上がったロンはスマホを手に取る。あらためて「蟹王」への感謝を伝えるために。

2．推しの代行者

転売は、インフラみたいなものだ。

東京でしか買えないものを地方に届ける。品薄の商品や限定グッズを、抽選ではなく心から欲しい人に提供する。本当はメーカーとか小売店がやることなのに、それができていないから、仕方なく俺《おれ》たちが肩代わりしているだけ。転売価格が高いのは手数料だ。それでなくても、俺たちは大量の在庫を抱えるリスクをとっている。慈善事業じゃないんだから、高値になるのは当然。

こういう、説明するのもいやになるくらい当たり前のことをわかっていない連中が世の中には多すぎる。ＳＮＳではメーカーや出版社やクリエイターが、口を揃《そろ》えて「転売は悪」「転売屋から買わないで」とか言っているけど、そんなやり方でなくなるわけがない。大金を出してでも欲しいという人がいるのに、その人を相手にしたビジネスを考えないから、こういうことになる。

実際、転売屋がいなくなったらたくさんの人が困るはずだ。推しのアイドルのコンサートには行けず、グッズも買えない。運営は不公平な状況を解消しようともせず、転売屋にだけ責任を問う。そんなのおかしくない？

だいたい転売は犯罪じゃない。ごく普通の、合法なビジネスだ。家にある古着や古本を売るのと変わらない。だからそのためのサイトがあって、アプリがある。

「転売は悪」なんてくだらない。本当の悪は、ビジネスチャンスを見落としているくせに、まともに取り合おうともせず責任転嫁しているやつらだ。

俺たちは、アイドルのために物販を「代行」している。ただ、それだけだ。

＊

午後十一時。ロンは疲れ果てた身体《からだ》を引きずり、ＪＲ新横浜駅の階段を上っていた。リュックサックには警備員の制服が詰めこまれている。明日の勤務までに洗濯しておかなければならない。

ホームで電車を待っている間、コンビニで買った菓子パンをかじる。マナーが悪いことは承知だが、ここから自宅のある石川町《いしかわちょう》駅まで電車で三十分、空腹に耐えきれる自信がなかった。ロンは内心で後悔する。

――この仕事、受けるんじゃなかったな。

今日の業務は、横浜アリーナで開催された女性アイドルグループのコンサート警備であった。横浜アリーナは新横浜駅から徒歩すぐの場所にあるため、立地は悪くない。遠方のコンサートに比べれば通勤はよっぽど楽だ。ただ、拘束時間が長く立ちっぱなしのため、体力は消耗する。

加えて、物販の列に並ぶファンの対応には苦労した。

ロンは警備員として行列の整理を担当していたが、油断すると勝手に知り合いを横入りさせたり、個数制限をかいくぐるために複数回並んだりする者が現れる。こういう行為は運営が明確に禁止しているため、見つけ次第、ロンが排除することになる。たいていはすんなり従うが、なかには猛然と抗議するやつもいる。

――なんでだよ。あんた、どの立場から言ってんの？

――善意のファンにもそういう扱いするわけ？

――名前覚えたからな。晒《さら》してやるよ。

吐き捨てられた言葉を思い出すだけで、ロンはげんなりする。違反をする人々に、性別や年齢の共通点はない。見た目や年齢にかかわらず、ルールを守る人間は守るし、守らない人間は守らない。

さらに厄介だったのは、見るからに転売目的でグッズを買いあさる連中だ。

スマホで誰《だれ》かと通話しながら、その場で購入する品を決めている若い男たち。巨大なバッグに購入したグッズを無理やり押しこんでいる女。彼ら彼女は、特段ルール違反を犯しているわけではない。

それが転売目的でなければ。

物販会場には禁止行為を記した看板が掲げられていた。その一番上には、目立つ書体でこう記されている。

〈転売（インターネット等で第三者へ販売する行為）は厳重に禁止します〉

一口に転売と言っても、悪質なものとそうでないものがあることくらいは、ネットに疎いロンでも知っている。家にある本や服、家具や小物を売るのは問題ない。けど、コンサートの物販でグッズを買い占めてネットで売るのはどう考えても悪質だ。

現場を目撃した以上、警備員として見過ごすわけにはいかなかった。

ロンは怪しげな客を見かけるたび、「ちょっといいですか」と声をかけた。だいたいの相手はうっとうしそうな顔で振り返る。ここからが難関だ。真正面から「転売屋ですか？」と訊《き》いても認めるはずがない。かといって、他に有効な尋ね方もない。

「それ、自宅用で買ってる感じですかね？」

結局はそういう間の抜けた質問をするしかなかった。

たいてい、相手は「悪いですか？」と開き直る。ロンが「自宅用にしては多くないですか？」とか「どこかに電話してませんでした？」とか質問しても、まともな答えは返ってこない。

転売屋を見分けることはできても、決定的な証拠をつかむのは至難の業だ。なぜなら、彼ら彼女らはまだ転売していないから。状況証拠だけで断罪するのは無理がある。結果、ロンは「転売は禁止されてますから」とお決まりの文句を口にして、転売屋を解放することになる。

ホームで菓子パンを食べ終えると同時に、横浜線の車両が滑りこんだ。ロンは空いていた座席に腰を下ろし、あくびをした。

――徒労感あるなあ。

ロンはこれまで横浜スタジアムや赤レンガ倉庫など、色々な場所で警備のアルバイトをしてきた。客が暴れたり、喧嘩《けんか》をしたりといったことはほとんど起こらない。でも、物販の警備はだいたい面倒な目に遭《あ》う。精神的に削られる。

山下町の自宅に帰ったロンは、シャワーを浴びてベッドに倒れこんだ。明日も横アリでライブの警備だ。本当は二日連続で仕事などごめんだが、受けてしまったのだからどうしようもない。制服の洗濯は明日に回すことにした。

眠りに落ちかけた時、にわかにスマホが震動した。電話の着信だ。目が覚めてしまったので、仕方なく電話を取る。番号は登録されていないものだった。

「……もしもし」

「あ、小柳さんですか？」

電話の声は若い男のようだった。「はあ」と応じると、相手は勢いこんで語り出す。

「あの。自分、この間いきなり襲われて、マジでやばかったんですよ。頭七針縫って。夜歩いてたら、ばーっていきなり殴られて、気が付いたら血が出てて。家の近所だったんですけど」

「え、ちょっと待って。誰？」

男の話は要領を得ないうえ、そもそも何者かも名乗っていない。話の腰を折られたのが不満なのか、彼は「ああ」と低い声で言ってから、「石森《いしもり》です」と言った。

「知り合いだっけ？」

「いや。コーキから番号聞いたんですけど。トミザワコーキ」

その名前なら知っている。富沢昂輝《とみざわこうき》は、以前ロンが関《かか》わった特殊詐欺事件で受け子に手を染めていた少年だ。

実刑の見込みが高いと聞いていたが、本人が被害者に反省の手紙を書いたり、家族と相談して被害額の一部を賠償したことで執行猶予がついた。ロンも判決後に手紙を受け取った一人で、昂輝は事件発覚のきっかけを作ったロンに感謝していた。

「あいつの知り合い？」

「そ、そ。中学の同級生。コーキに話したら、小柳さんっていう人がいて、助けてくれるかもしれないって」

深夜に電話をかけてきたうえ横柄な態度をとっているのが気になるが、石森が助けを求めていることは事実らしい。そして困りごとを持ちかけられれば、無視できないのがロンだった。ただ、今は眠気が極限に達している。

「明日でもいい？」

「見放すんすか？」

いちいち癪《しゃく》に障る言い方である。

「俺もう寝たいから。明日、中華街まで来てくれる？」

「早く解決してほしいんですけど」

「朝十時に石川町。それでいい？」

ロンは顔見知りのマスターがいる喫茶店を指定した。石森は渋々ながら了承して、電話を切った。

――なんか、ついてないな。

悪態をつくより早く、ロンは眠りに落ちていた。

翌日午前十時、ロンは喫茶店でモーニングを食べながら石森を待った。

彼は十五分遅れで現れた。昴輝と同学年ということは、年齢は十八、九だろう。やや太りぎみの体型で、髪を青く染めている。ロンの正面の席に座ると、「俺も同じので」とマスターに注文する。石森は遅刻への詫《わ》びもなく、「おはよっす」と言う。

「石森くん？」

「あ、そっす。どうも」

石森は首だけで会釈する。

「小柳さん、ロンさんって呼ばれてるんですよね？」

「まあね」

「俺もそう呼んでいいですか？」

妙なところで気を遣う。もっと他に注意すべきところがあるのだが。ロンが「どうぞ」と言うと、石森はさっそく「ロンさん、見てください」と言って後ろを向いた。後頭部の髪を持ち上げると、縫った傷跡が現れる。

「これですよ、これ」

これ、と言われてもロンには何のことかよくわからない。トーストをかじり、パンくずがついた手を皿の上で払う。

「悪いけど、頭からもう一回説明してくれる？」

「昨日、話したじゃないすか。聞いてなかったんですか？」

「聞いてない」

正確には、聞いてはいたが意味がわからなかった。石森は「わかりました」となぜか不満そうに、彼が遭遇したトラブルについて話しはじめた。

「十日前に、家の近く歩いてたらいきなり誰かに殴られたんですよ。固いものでガツッと。痛すぎて、うずくまるしかなかったです。そのうち相手は逃げていきました。後頭部に手ぇ当てたら、皮膚が切れて血が出てて。自分で救急車呼んで、結構な傷だってことで七針縫いました。ヤバかったんですよ。気ぃ失いそうでした」

どうやら通り魔の被害に遭ったらしい。犯人の姿はまったく見ていないという。

「警察には？」

「もちろん行きましたよ。被害届も出したけど、まだ捕まんないみたいで。何やってんですかね、日本の警察って。十日経《た》っても捕まえられないとか、マジ無能でしょ」

ロンは答えない。神奈川県警にいる幼馴染《おさななじ》み――欽ちゃんの顔が浮かぶ。石森の態度を見たら、欽ちゃんならどう言うだろう。

「で、なんで俺に相談してきたの？」

「警察の代わりに、犯人捕まえてほしいんです。そいつが今も街中にいると思うと、心配なんですよ。安心して街も歩けないです」

石森は運ばれてきたモーニングをたいらげながら話す。それほど繊細な性格には見えないが、犯人が野放しになっている状況に不安を抱くのはわかる。

「それは俺の仕事じゃない。他、当たってくれ」

「え、助けてくんないんですか？」

石森は目を剝《む》いた。拒絶されるとは微塵《みじん》も思っていなかったらしい。

「要は刑事事件だろ？　警察はちゃんと仕事してるから。大丈夫だって」

「いやいやいや。ロンさんだったら難しいトラブルでも解決できるっていうから、わざわざ来たんですよ」

「わざわざって、どこから？」

「磯子《いそご》です」

「すぐじゃねえかよ」

磯子駅から石川町駅までは、京浜東北線でおよそ十分である。

「つまりロンさんは相手を選ぶんですか？　俺が若い女でも見捨ててました？」

ロンは一瞬、返答に詰まる。そう思われるのは心外だった。すべての隣人《ネイバーズ》たちの悩みを解決したい、と願う気持ちに嘘《うそ》はない。石森は「それに」と畳みかける。

「俺を襲った犯人は、また別の誰かを襲うかもしれないんですよ。そんなやつ放《ほう》っておいて、本当にいいんですか？　警察も仕事してるかもしれないけど、プラスでロンさんが動いたほうがより確実じゃないですか？」

減らず口を叩《たた》く男である。だが、石森の言葉も一概には否定できなかった。仮に犯人が無差別の通り魔なのであれば、近隣住民の安全が脅かされることになる。解決できるなら、するに越したことはない。

「……わかったよ」

「助けてくれるんですね？」

「それはまだ決めてないけど、これから質問することに答えてくれ」

ロンにはまだ事件の全容が見えない。判断するのはもう少し詳しいことを聞いてからでも遅くないだろう。石森は小声で「どっちなんだよ」とぼやく。

「いいから、訊かれたことに答えろ」

「はいはい」

「まず、犯人の心当たりはあるか？」

石森は当初「ないです」と答えていたが、恨みを買った相手や過去のトラブルについて訊いてみると、ぽつりぽつりと名前が挙がった。万引きの罪をなすりつけた友人。三万円借りたがその後の連絡を無視した先輩。一方的に振った恋人。

「お前、ろくなことしてないな」

ロンは呆《あき》れていたが、石森は意に介さないようで平然とトーストをかじっている。

「ろくなことはしてないですけど、殴られるほどの恨みじゃないと思うんですよね」

「それはお前が決めることじゃない」

些細《ささい》な恨みであっても、逆上した人間が事件を起こすことはある。日々流れるニュースを見るまでもない。ロンはさらに石森の素性を問いただす。

「普段、何してんの。学生？　会社員？」

「いや。違います」

「じゃあフリーター？」

「うーん、まあ、それに近いですかね」

なぜか石森は、なかなか職業を明かそうとしない。

「あのさ。俺に助け求めてるんだよな。ちゃんと話してくれないと、助けられるかどうかもわからない」

痺《しび》れを切らしたロンが詰め寄ると、「あー、もう」と石森は青色の髪をかきむしった。

「話せばいいんでしょ。自営業ですよ。小売業の」

小売業、という持って回った言い方に違和感を覚える。

「具体的には何売ってるんだよ」

「タレントのグッズとか、ゲーム機とか」

まさか。物販会場で大量にグッズを買い占めていた連中と、目の前の石森が重なる。

「転売屋か？」

「そう言われたら否定はしないですけど。でも、一応小売業ってことでやってるんで」

石森は涼しい顔でコーヒーをすする。

ロンは腕を組んで考えこんだ。困っている人間がいれば助けたいが、さすがに転売屋はどうなのか。

「転売屋は助けてくれないんですか？」

心中を知ってか知らずか、石森は上目遣いでロンを見る。ロンは答えない。

「襲われたのはそれが原因ってことはないか？」

「転売が原因？　まさか。誰が迷惑してるんですか」

「タレント事務所もゲーム機メーカーも、迷惑してるだろ」

「それは迷惑じゃなくて、単に企業努力が足りないだけですよ」

「は？」

トーストをたいらげた石森は、ゆで卵を両手でもてあそんでいた。

「たとえば、アイドルのグッズを俺が横浜で買って、フリマアプリで出品するじゃないですか。多少高額でもすぐに買い手がつくんですよ。なんでかって言うと、需要があるから。地方に住んでるとか、事情があってライブ会場に行けないとか、そういう人がいるんですよ。でも正規の販売店やオンラインショップは、そういう人のニーズをいつまでもほったらかしにしている。だから俺らがそれを代行してるんですよ」

石森の説明は詭弁《きべん》だった。だが、本人は自信満々で語り続ける。

「だいたい運営とかファンは転売屋を犯罪者みたいに言いますけど、これって別に罪じゃないですから。れっきとした合法な行為ですから。安く仕入れて高く売るなんて、小売業の前提じゃないですか」

「逆だろ。お前らが買い占めるから、値段が上がる」

「だったら生産量増やせばいいんですよ。モノが余れば価格は下がる。経済の常識ですよ。なのにそれをやらない。結局は、ニーズを満たせない企業の怠慢なんです」

石森は得意げな表情で、ゆで卵の殻を粉々につぶしている。

「逆恨みした運営が襲ってきたって可能性もなくはないですけど。でも、それよりは通り魔のほうがあり得る話だと思いませんか。たぶん、関係ないと思いますよ。俺が襲われたことと、転売屋であることは」

ふた口で卵を食べた石森は、音を立ててコーヒーを飲む。

「ロンさん、凶悪犯を捕まえたくないんですか?」

「実際に通り魔なら、な」

「〈山下町の名探偵〉ならなんとかしてくださいよ」

パンくずを口の端につけた石森が、にやにやと笑っている。

本当にこの男を助けてもいいのだろうか。ロンはまだ結論を出せずにいた。

「協力するわけないじゃん」

凪の声が「洋洋飯店《ようようはんてん》」の店内に響いた。

週末。隅のテーブルで、ロンと凪は向かい合って唐揚げ定食を食べている。相談に乗ってほしい、と呼び出したのはロンのほうだった。石森の件を話すと、凪は不快感をあらわにした。

ラッパー兼会社員である凪は、ロンとは高校の同級生である。本名は山県《やまがた》あずさ。彼女の妹の死について調べたことがきっかけで、卒業後に仲良くなった。今日の凪はブルーのシャツに灰色のデニムという服装である。

「転売屋なんか全員痛い目見ればいいんだよ。むしろその通り魔に、全転売屋を締め上げてもらえないかな？」

「何を目指してるんだよ」

「とにかく、その犯人を見つけるのに協力しろって話だったら、私は断る」

凪は怒りを紛らわすためか、猛然と唐揚げを咀嚼《そしゃく》していた。ロンは「落ち着けよ」ととりなす。

「別に協力はしなくてもいい。ただ、その辺の事情っていうか、アーティストと転売の関係とか教えてほしいんだよ。調べるのは俺のほうでやるから」

「そんなやつ、助けるのやめたほうがいいよ」

凪の目がとがった。

彼女の言うこともわかる。だが、素行が悪いからと言って訴えに耳を貸さない、というのはロンの信条に反する。せめて、できることはしておきたかった。

「石森には転売をやめさせる」

ロンの言葉に凪は目を見開いた。

「そんなことできる？」

「俺が犯人を捕まえたら、転売は二度としない。そういう条件だ」

喫茶店で、ロンは石森に約束させた。もしロンが犯人の身元を特定できたら、石森は転売行為から足を洗う。石森はさんざん渋っていたが、「約束できないなら俺は何もしない」と突っぱねると、仕方なく承知した。

「口約束なんて、守るとは思えないけど」

「それは解決後に考える。凪には転売界隈の事情について、知ってる範囲のことを教えてほしい。それもムリなら諦《あきら》める」

凪は横浜発のヒップホップクルー、グッド・ネイバーズの一員であり、ライブのたびに数百人単位のファンを動員するアーティストだ。ロンよりもはるかに転売事情には詳しいはずだと見込んでいた。

中華スープを口に運んで思案していた凪は、「まあいいよ」と言った。

「ロンの頼みだし、そいつが本当に転売やめるならいいことだし」

「助かる」

「うちも物販には力入れてるんだよね。私も転売対策は一通り勉強したから、一般論くらいは話せると思う」

定食をあらかた食べ終えた二人の前に、冷たいウーロン茶が置かれた。用意してくれたのはマツの母親だ。この店はマツの実家でもある。

「ありがとうございます」

凪が折り目正しく礼を言うと、「ゆっくりしていって」とマツの母親は片目を閉じた。

「うちの息子やロンだけだったら、さっさと出て行ってほしいけど」

「それ、どういう意味？」

ロンの問いには答えず、彼女は去っていった。凪は「どこから話そうかな」とウーロン茶を飲む。

「大前提なんだけど。どうして転売屋が悪いのか、説明できる？」

改めて正面から問われると、答えに窮する。ロンは少し考えてから意見を述べた。

「転売屋が大量に買い占めると、他の欲しい人の手に渡らないから？」

「そうだね。他にはどうかな」

「お客さんが適正価格で買えなくなるとか？」

「うん。それも間違ってないけどね」

ロンにはもう思いつかなかった。素直に降参する。

「これは持論だけど。アーティストからすると、一番いやなのはブランドが損なわれることなんだよ」

凪は真剣な面持ちで語り出した。

「仮にあるアイドルのグッズが転売されて、高額で買ったファンがいるとする。タオルでも、アクスタでもなんでもいい。手に入ったのはよかったけど、送られてきたそのグッズが汚れていたり、壊れていたりするケースがある。転売屋なんてまともに商品管理してない連中ばっかりだからね。ただ、ファンにとっては相場の何倍もの値段で買ったのに、ちゃんとしたアイテムが手に入らなかったことになる。するとこのファンの怒りは転売屋だけじゃなくて、アーティストにも向くわけ」

「悪いのは転売屋なのに？」

「そう。でも、転売屋は返品返金を受け付けないから、文句の言いようがない。するとファンは正規のサイトとか、運営とかに文句つけるわけ。グッズを買ったのにひどい目に遭った、ってね。ＳＮＳに書く人もいる。結果、そのアイドルのグッズは質が悪い、ということになる」

ロンはウーロン茶を口に運びながら相槌を打つ。

「転売のせいでアイドルの評判まで悪くなるのか」

「あと、高額になると買えなくなる人も増えるよね。そうなると、このアイドルのグッズは手に入らないから、ってことでファンが離れていく。いったん離れたファンの信頼を取り戻すのは簡単じゃない」

凪は眉間《みけん》に軽く皺《しわ》を寄せた。

「ビジネスとして事務所やメーカーが困るっていうのはその通りなんだけど、私にとっては転売のせいで大事なファンが悲しんだり、離れていくのが一番つらい。だからグッド・ネイバーズの物販では、転売は厳重に禁止してる。他のアーティストもそうだと思う」

「なるほど」

「それが転売屋を憎む理由。わかってくれた？」

ロンは「よくわかった」とうなずく。

「それで、どんな対策が考えられる？」

「策は色々あるんだけど……絶対的に有効なものは正直、ないかな。チケット転売以外は違法じゃないから、警察の協力も期待できないし。個数制限つけたり整理券配ったりとか、やれることはやってるけど」

「じゃあ、石森がやってるような転売をやめさせる対策は、今のところないのか」

「決定的なものはないね。残念だけど」

ロンは考える。現状、転売屋を取り締まる術《すべ》がないということは、恨みを持つ者が私的な復讐《ふくしゅう》に走る可能性もなくはない。被害者が転売屋だからか、ロンにはどうしても単なる通り魔の犯行とは思えなかった。

「転売屋を憎んでいる人って、どういう人かな？」

「そりゃ関係者はみんな憎んでるよ。アーティストのグッズなら、事務所も、発注先のメーカーも、ライブ会場の責任者も。アーティスト自身もそうだし、大部分のファンもそう。転売屋に感謝してるのは一部の非常識なファンだけ」

凪は苦々しい表情で吐き捨てた。

「もし転売屋を狙《ねら》った犯行だとしたら、その辺りが犯人候補になるってことか」

「その可能性はあるね。でもそうだとして、石森ってやつが転売屋だって、どうやってわかったんだろうね？」

もっともな疑問だった。物販会場で買い占めていたり、誰かと電話しながら購入している連中はかなり怪しいが、それだけで判断できるものだろうか。それに、犯人の狙いが石森一人なのか、転売屋全般に及んでいるのかも不明瞭だ。

「犯人捕まえるのは難しそうだね」

そう言いつつ、凪はさほど残念でもなさそうだ。

ロンは無言でウーロン茶を飲み干した。どこに解決の糸口が落ちているのか、いまだ見当がつかない。

「そういえば、ヒナちゃん元気？」

「真面目に勉強してる」

つい先日、ヒナは八月上旬の高卒認定試験を受けることに決めた。大学受験は「まだ考え中」だと言っていたが、すでに第一志望の大学はあるようだった。

「一時期、ゲームにハマってたけど」

「大丈夫？」

「もうやってないらしい。今は一日十時間勉強してるって」

「それだけ熱心にやってれば絶対合格するね」

凪はほっとしたのか、微笑を浮かべた。

引きこもっていたヒナを外に連れ出したのは、ロンだけの手柄ではない。マツや凪といった友人たちがいたから、ヒナは外の世界へ一歩踏み出す勇気を得ることができた。

「試験終わったら、デートに誘ってみようかな」

凪は一転、うっとりした顔をしている。凪が美形の女性を好きだと知ったのは、割と最近のことだ。

「いいんじゃないの」

「いいの？　ロン、止めないんだ？」

「止めるような立場でもないし」

凪は「そうなんだ」と目を細めた。何か言いたげな表情である。

「……ヒナちゃんって美人だし頭もいいけど、男見る目だけはないよね」

「なんで?」

凪はそれには答えず「お茶、おかわりください」とマツの母に声をかけていた。


数日後の夜、再び石森から電話がかかってきた。その日も横浜スタジアムでの警備で疲れ果てていたが、無視するわけにもいかず電話を受けた。

「はいよ」

「ロンさん、ヤバいです。やられました」

石森の口ぶりは切羽詰まっていた。その一言を聞いたロンはまたも石森が襲われたのかと早合点したが、そうではなかった。

「さっき家に帰ったら、荒らされてたんです。今から警察も来るんですけど」

「空き巣か?」

「そんな感じです。家のなかがぐちゃぐちゃで、うわっ……」

石森は電話口で絶句した。「どうした?」と尋ねても応答がない。何度か呼びかけて、ようやく石森は「ヤバい」とつぶやいた。

「在庫、全部持っていかれました」

「在庫って？」

「転売用の在庫ですよ。この間、仕入れたばっかりなのに！」

徐々に怒りがこみあげてきたのか、石森の口調が怒気をはらむ。

「マフラータオルもバンドも、全部やられてる……ああ、クソ！　あれ一式で何万したと思ってんだよ。ありえない。死ね！」

「落ち着け」

「なんだよふざけんな……人の稼ぎ横取りしてんじゃねえよ……死ね、死ね！」

ロンがたしなめる声にも耳を貸さず、石森は延々と悪態をついている。このままではいつまでも会話が成立せず、埒《らち》が明かない。ロンは掛け時計に視線を走らせた。京浜東北線の終電はまだある。

「今からそっち行くから詳しく聞かせろ」

「うち、来るんですか？」

「行かないと話にならないだろ」

ロンは石森の自宅住所を聞き出し、家を出た。良三郎はとっくに寝ている。

夜の中華街を足早に進み、石川町駅から磯子駅まで移動する。そこから磯子区内にある石森の自宅までは徒歩十五分の距離だった。ひっそりとした住宅街のなかに建つ、五階建てのアパート。空き巣にとってさほど魅力的な物件には見えない。

一階にある石森の部屋に到着すると、ちょうど警察が実況見分を行っている最中だった。外の廊下で写真を撮っていた男が、ロンに気付いて視線を向けた。

「すみません、ここの住人の知り合いなんですけど」

「知り合い？　この時間に？」

男はあからさまに不審げな視線をロンに向けた。構わず玄関のドアを開けると、靴脱ぎのすぐ近くで石森と二人の刑事が話しているところだった。全員が一斉にロンを見る。その視線の鋭さに、さすがにたじろいだ。

「ロンさん。ほんとに来てくれたんですね」

「まあな」

室内は十畳ほどのワンルームだった。クローゼットの扉が開け放され、空の衣装ケースやカラーボックス、マンガやコード類が床に散乱している。尋常な散らかり具合ではなかった。窓は割れ、ガラス片が飛び散っている。

警察が去るまでロンはひとまず待っていることにした。刑事たちは怪しげな目でロンを見ていたが、石森と面識があること、事件があったと推定される時刻には警備のアルバイトをしていたことを説明すると、一応納得したようだった。

横で石森と刑事たちの会話を聞いていたロンは、何が起こったのか、概ね把握することができた。

石森が自宅を出たのは午後六時で、帰宅したのは午後十一時ごろ。その間に何者かが窓を割って室内に侵入し、家財を盗んでいったらしい。盗まれた品物を問われた石森は、怒りに顔をゆがめながら答えた。

「花《はな》ノ園《その》女子学園のグッズです」

「ハナノ……なに？」

訊き返した中年の刑事に、石森は「知らないんですか？」と言った。

「アイドルですよ。花ノ園女子学園、通称ハナジョ」

刑事たちは首をかしげているが、ロンにとっても初耳だった。そもそもロンは芸能関係に疎い。ヒナや凪なら知っているのかもしれないが。中年刑事は戸惑いを隠そうともせず、「人気なんですか」と尋ねた。

「超人気ですよ。ぐいぐい来てます」

石森いわく、花ノ園女子学園は八名のアイドルが所属するグループで、女優やモデルとして活動するメンバーもいるという。動員数はここ一年で急上昇し、東京ドーム公演も間近と言われているらしい。

「そのグループのファンなんですか」

石森はしばらく「いや、まあ」などとごまかしていたが、じきに転売用に購入したことを認めた。刑事たちが顔を見合わせる。

「つまり転売屋なわけね」

「そうですけど、仕入れに二十万は使ったんですよ。それに転売って言っても……」

「わかったから。じゃ、なくなった品物の内訳を教えて」

心なしか、刑事たちの対応は先ほどよりぞんざいになっていた。石森はスマホにメモしていたグッズの個数を読み上げる。ふんふんと言いながら記録するその目に、一瞬だが軽《けい》蔑《べっ》の色が浮かんだのをロンは見逃さなかった。石森は、自分を襲った犯人と空き巣犯は同一人物に違いないと主張したが、刑事たちはその場では話を聞くに留《とど》まった。その横で別の刑事が指紋を採取していた。

やり取りは、三十分ほどで終わった。

「また確認したいことが出てきたら、連絡させてください」

刑事たちは眠たげな顔で部屋を去っていき、室内には石森とロンが残された。石森は散らかった部屋の真ん中に腰を下ろし、ぐしゃぐしゃと青い頭を掻《か》いた。縫われた傷跡があらわになる。

「……確定ですよ」

つぶやく石森の顔つきは疲弊しきっている。

「あれは通り魔じゃなかった。俺は最初から狙われてたんですよ。段階的にやってくるっもりなんだ。夜道で殴って、空き巣に入って、次もまた何かされるんだ」

「そうかもね」

ロンが同意すると、石森はかっと目を剝いた。

「なんで落ち着いてるんですか！」

「いや、俺が取り乱すのはおかしいだろ」

「もっと真剣に考えてください。一大事ですよ。このままエスカレートしたら、殺されるかもしれないんですよ」

その理屈はよくわからないが、二つの事件が同一犯によるものである、という考察は有力だった。この短期間で別々の犯人から被害に遭ったとは考えにくい。路上で殴られたのも自宅近くだったことを踏まえると、犯人は襲撃前から石森の自宅住所を知っていた可能性がある。

しかも、盗まれた品物はすべて転売のための在庫であった。場当たり的な犯行ではなく、石森が転売屋だとわかって窃盗を働いた可能性が高い。石森が立て続けに被害に遭っているのは、やはり彼が転売屋であることに理由があるとしか考えられなかった。

石森はぶつぶつと何事かをつぶやいている。

「確認だけど、助かりたいか？」

そう問うと、石森はじっとりとした目でロンを見た。

「当たり前じゃないですか！」

「だったら転売行為はもうやめろ」

部屋が静まりかえった。石森は下唇を噛《か》んでいる。

「犯人は誰か知らないけど、被害に遭っているのは転売のせいかもしれない。石森のやってることは、多くの人間の恨みを買う行為だ。これ以上、被害に遭いたくないなら転売をやめるしかない」

これがロンにできる、精一杯の助言だった。

石森はでたらめに頭を掻き、盛大なため息を吐《つ》いてから、ぽつりとつぶやいた。

「……転売しかないんですよ」

目尻を下げた石森は、泣きそうな顔で告白する。

「俺、バカだし友達も少ないから、高校中退したんです。でも肉体労働する根性もないし、中卒の人間雇ってくれる事務職もないし。いろんなバイト転々としてる時に、転売で稼げるってネット記事で読んで。これしかないと思って、貯金はたいてゲーム機とかアイドルのグッズ買って、ノウハウも蓄積して。やっと儲《もう》けが出てきて、一人暮らしはじめたところなんですよ。今さらやめられないです」

「次、何されるかわからないぞ」

「なんで俺がやめるんですか。転売は合法なのに。暴力団とか半グレとか、そういう犯罪者を狙ってくださいよ。俺は一般市民だ！」

逆上する石森をロンは冷静に眺めていた。

このままではまず、石森は転売をやめない。やめられない。被害に遭わないためには、先に犯人を特定するしかない。

「俺が犯人を捕まえたら、転売から足を洗うって約束だったよな」

「そうですけど……」

石森は目をそらす。口から出まかせで言ったことくらいロンもわかっている。だが、今は口約束という細い糸に頼るしかなかった。

「絶対に忘れるなよ、その約束」

いつもより低い声で発したロンの言葉に、石森は黙ってうなずいた。


ロンは一人、新港《しんこう》地区を歩いていた。夏の夕刻はまだ明るい。行く手にはパシフィコ横浜が待っている。

パシフィコ横浜はみなとみらいにあるコンベンションセンターであり、正式名称は横浜国際平和会議場という。一九九一年の開館以来、ここで数々の国際会議や展示会、コンサートが開かれてきた。

みなとみらい駅から歩けば徒歩五分だが、ロンは電車賃を浮かせるために家から歩いている。中華街から歩いていっても三十分ほどで到着する。

警備員として行ったことは何度かあるが、今日はアルバイトではない。石森を襲った犯人の手がかりを得るのが目的だった。赤レンガ倉庫を横切っている間も、ロンは未知の犯人を想像していた。

犯人につながるヒントは、ハナジョこと花ノ園女子学園である。

石森の自宅からは、ハナジョのグッズばかりが盗まれていた。石森が言うには、他にも転売用の在庫としてゲーム機やトレーディングカードが保管されていたが、それらには一切手をつけられていなかったという。

犯人は明らかに、ハナジョに執着している。つまりはそのアイドルグループの関係者である可能性が高い。

ロンは真っ先に、ヒナへ相談することを思いついた。しかしヒナは高卒認定試験の勉強で忙しい。話せばきっと協力してくれるだろうが、邪魔はしたくなかった。今回の依頼はヒナ抜きで解決しなければならない。

そこで頼りにしたのは凪だった。芸能界のことは芸能人に相談するのがいい、という安直な発想だ。さっそくハナジョの運営に接触できないか尋ねてみると、厳しい答えが返ってきた。

――ムリだろうね。大きい事務所だし。

真正面からコンタクトを取るのは、やはり難しいようだ。しかし凪は別の角度からアドバイスをくれた。

——その犯人、どうやって石森の住所知ったんだろうね。

それは石森も不審がっていた点だった。彼が利用しているフリマアプリでは、発送元の住所氏名を知らせず、購入者へ品物を送ることができる。友人が少ない石森は、どこから住所がばれたのか見当がつかないようだった。

——物販から尾行した、とか？

——だとしたら、運営の人には難しいんじゃないかな。スタッフが持ち場を長時間離れるわけにいかないでしょ。

確かにその通りだ。警備員としての実感からも、ライブ会場から磯子の自宅まで尾行するのは無理がある。仮に、物販でグッズ買い占めを行っている石森を目撃し、そのまま自宅まで追いかけた人間がいるとしたら。それができるのは……

——ファンか。

調べてみると、近日中にハナジョのライブが二日間連続で開催されることがわかった。会場はパシフィコ横浜。石森もそのライブのことは知っており、しかも一日目のチケットを所持していた。

——なんでチケット持ってるんだ？

——仕入れのために。ライブに行かないと、物販にも入れないんで。

事件前はライブで転売用のグッズを買い漁《あさ》るつもりだったらしいが、暴行と空き巣で精神的に参っていた。とても仕入れに行く余裕はない。かといってコンサートチケットを不正に転売することは、法律で禁じられている。

——余ってるなら、俺にくれないか？

ロンが頼むと、憔悴《しょうすい》した石森は素直にチケットを差し出した。

これからどのように調査するかは決めていない。だが悶々《もんもん》と考えているよりは、足を使ったほうが得られるものはありそうだった。

国際橋《こくさいばし》を渡れば、すぐ右手にパシフィコ横浜がそびえたつ。ハナジョのファンたちが会場周辺に詰めかけ、路上は人で賑《にぎ》わっている。ロンは敵地に乗りこむ心境で足を踏み入れた。

ライブ会場である国立大ホールへ入る前に、外側にある物販会場を見物する。すでに開場からかなり時間が経っているせいか、購入者の列はさほど長くなかった。ざっと見たところ男女の比率はおよそ半々。年齢は二十代から三十代が多いようだ。

辺りをうろつきながら行列を観察していると、「ちょっと」と声をかけられた。振り返ると、剣呑《けんのん》な目つきの女性が立っている。首にＩＤを提げているが、運営スタッフだろうか。マスクをしていて、年齢は二十代くらいに見える。

「さっきからうろちょろしてますよね。何してるんですか？」

「いや、あの……」

「転売目的ですか？」

自分の挙動が不審だったことを反省しつつ、「違います」と弁明した。相手の女性は私服であり、警備員ではないようだった。

「どこからグッズが買えるのか、よくわからなくて」

「ああ、ビギナーさんですか」

ロンの言い訳を聞くと、女性は一転して明るい表情になった。

「最後尾は、ここをまっすぐ行ったところですから。お気をつけて」

そのまま去りかけた女性に、ロンは「あの」と声をかけた。物販スタッフなら、不審なファンについての情報を持っているかもしれない。

「なんですか？」

振り向いた女性に、ロンは知人が何者かに襲われたうえ、ハナジョのグッズを盗まれたこと、その犯人を捜していること、不審なファンの情報があれば知りたいことを伝えた。転売の在庫だったことは伏せたが、一応嘘《うそ》はついていない。

刈田《かりた》と名乗った女性は親身になって話を聞いてくれた。ロンが一通り話を終えると、腕組みをして唸《うな》った。

「私もハナジョの現場には相当参戦してるけど、一概に怪しい人っていうのは……ファンにも色々な人がいますからね」

おや、とロンは思う。事務所の社員なら、参戦という表現はしないはずだ。

「今さらですけど、刈田さんは運営の担当者ではないんですか？」

「有志のボランティアです。運営の許可もあります」

刈田はIDカードをつまんでみせた。〈STAFF〉表記の下に小さな文字で〈VOLUNTEER〉と記されている。

「ファンの方ってことですかね」

「そうですね。ただ、誰でもできるわけじゃないですよ。ボランティアは運営から信頼されてるごく一部の人だけです。私も最古参の部類ではあるんで。地下のステージでやってた時から通ってるし、デビュー当時は観客五人って日もあったんですよ」

刈田の熱弁にロンは「へえ」と相槌《あいづち》を打つ。

「何回くらいライブに来てるんですか？」

「ざっと百以上」

さらりと言うが、その顔はかすかに誇らしげだった。

「刈田さんの知っている範囲で、いませんか。心当たりのある人は」

熱心なファンであれば何らかのヒントを持っているかもしれない。期待のこもったロンの視線を浴びながら、刈田は考えこむ。しばしうつむいて独り言をつぶやいていたが、やがて顔を上げた。

「……強いて言えば、ですけど」

「いるんですね？」

刈田は物販会場の逆側に視線を向けた。窓際で、ベージュのキャップをかぶった壮年の男がうずくまっている。リュックサックの中身をいじっているようだ。

「あの人です」

ささやくような声で、刈田が言う。

「帽子の人ですか？」

「そう。ネットではピロ吉《きち》さん、って呼ばれてるみたいですけど」

刈田の話では、その男性も最古参のファンらしい。

「昔、ハナジョの元メンバーが恋人とのデート写真を一般人に撮られたことがあったんです。熱愛写真がＳＮＳで出回って、そのメンバーは卒業することになったんですけど。後日、写真を撮った人が誰かに襲われて入院する事件があって……」

「その犯人が、ピロ吉さんだと？」

「狭いコミュニティでの噂《うわさ》ですけどね」

そう言いつつ、刈田の口調は確信に満ちていた。

荷物の整理を終えたのか、ピロ吉はリュックサックを背負ってどこかへ去っていった。ロンは素早く刈田に礼を告げて、彼の後を追いかける。信憑性《しんぴょうせい》は不明だが、今は他に手がかりもない。

キャップをかぶった男の背中が人混みへ紛れた。その後ろ姿を見失わないよう、ロンは慎重に追跡する。

*

転売は罪だ。

ファンはハナジョが少しでも大きくなるために、彼女たちが夢を叶《かな》えられるように、金や時間を捧《ささ》げている。個人的には見返りを期待しているわけじゃないし、リア恋なんてもってのほかだ。それくらいの分別はつく。

ただ、ファンがハナジョから生きるエネルギーを受け取っているのは事実だ。客からのくだらないクレームも、終わらない残業も、正社員の尻拭《しりぬぐ》いも、どうにかやり抜けるのは彼女たちがいるからだ。ハナジョのライブや動画だけが人生の彩りだ。恋人はいないし、友達も少ないけれど、不満だと思ったことは一度もない。

もしかすると、そんなファンを哀れむ人もいるかもしれない。

でも本当にかわいそうなのは、〝推し〟がいない人のほうじゃないか。いなくても平気だという人は、まだ人生の危機に直面していないだけじゃないか。もしもこの先、耐えられないほどのストレスや疲労に襲われたら、その人はどうやって生きていくのだろう？

これだけは間違いなく言えるが、〝推し〟は生きる支えになる。そして恩返しとして、ファンは〝推し〟が望むことをできる限り叶えたいと思う。これは性《さが》だ。

彼女たちは「不正転売根絶」をしきりに訴えている。運営だけじゃない。彼女たち自身が、ライブやイベントで声明を発している。転売は重罪だ。でも、法律違反じゃない。だから警察は頼れない。

なら、どうする？

ファンが制裁を「代行」するしかないだろう？

＊

花ノ園女子学園のライブは思いのほか楽しかった。

歌やダンスといったパフォーマンスはレベルが高く、初見のロンでも息を呑《の》む完成度であった。歌の合間のトークでも観客を楽しませようという懸命さが伝わってくる。それに呼応するように、ファンも声援や手拍子を送る。

アンコールがはじまったころ。盛り上がる客席の真ん中で、ロンは一人席を離れた。やや名残惜しいが、ライブを楽しむのが主目的ではない。これはあくまで、石森を襲撃した犯人を特定するための調査だ。

ライブ会場の外に出たロンはピロ吉の座席から最も近い出口へと向かった。開演前の尾行で、座席の位置は確認している。ライブ終了後に出てくるところを待ち構えるのだ。

防音扉の向こうから一際大きな声援が聞こえ、じきに終演がアナウンスされた。同時に出口から観客たちが吐き出される。ロンは廊下の隅に立ち、人の波からピロ吉の姿を捜した。

見覚えのあるベージュのキャップを発見すると同時に、身体が動いていた。

——あいつだ。

ロンは人混みをかき分け、真後ろへと移動する。服装や背負っているリュックサックからも、ピロ吉であることは間違いなかった。

適度な距離を保って、パシフィコ横浜から夜の路上へと出る。人の流れに乗ってみなとみらい駅へと歩いていたピロ吉は、途中で方向転換してクイーンズスクエアへ向かった。ショップや飲食店が入っている複合施設である。

カフェに入ったピロ吉は、ブレンドコーヒーを手にカウンター席に腰を下ろし、スマホをいじりはじめた。ライブの感想を見ているのか、あるいは投稿しているのか。隣の席は空いている。

——チャンスだな。

最初から、どこかで声をかけるつもりではあった。路上でいきなり話しかけるよりは、カフェのほうがじっくり話すには都合がいい。

同じブレンドを注文して、ピロ吉の隣に腰を下ろした。

五十歳前後だろうか。セルフレームの眼鏡をかけた、落ち着いた風貌《ふうぼう》の男性だ。キャップからはみ出した髪は大半が白くなっている。彼はロンのほうを見向きもせず、真剣にスマホを操作していた。

「いいライブでしたね」

はっとした顔で、ピロ吉が振り向いた。

どう話しかけようか、と考えるより早く口にしていた。こういうところが「頭のネジが一本外れている」と言われるゆえんである。

「ぼくに言ったんですか？」

ピロ吉がかすれた声で問い返す。

「ええ。ハナジョのライブ、よかったですね」

「…………」

警戒を露《あら》わにしたピロ吉が、椅子《いす》から腰を浮かせた。ロンは慌てて制止する。

「待ってください。最古参のファンの方に、訊きたいことがあって」

「ぼくのこと知ってるんですか？」

「もちろんです。ハナジョのファンで、ピロ吉さんを知らない人はいませんから」

立ち上がりかけたピロ吉は、思い直したのか再び座ってくれた。

「……あなた、ビギナーの方ですね？」

「ばれましたか」

「恥じることはありませんよ。ハナジョファンの間では、ビギナーの方には優しくせよ、という不文律があります。あと、ぼくたちは互いのことを〈先生〉と呼ぶんです」

「はい？」

ピロ吉は真顔で続ける。

「結成当初からのハナジョファンは、互いに何々さんではなく、何々〈先生〉と呼び合う文化があります。最近はこういうしきたりを知らないファンもいますが……ぼくのことはピロ吉先生、で。あなたのお名前は？」

ロンは流れに呑まれ、「小柳龍一です」と名乗った。

「では小柳先生。あなたの目的を聞かせてください」

相手のペースに呑まれながらも、ロンは用件を切り出す。

「あの、ピロ吉先生。グッズの不正転売について、どう思いますか」

「万死に値する行為です」

ブレンドを飲みながら、ピロ吉は冷静に答える。

「実は俺の知り合いに転売屋がいるんですけど、誰かに路上で襲われたり、家に空き巣に入られたりしているんです。その時盗まれたのが、転売のために買い集めていたハナジョのグッズなんです」

「お気の毒ですね」

「いい気味だと思いますか？」

あえて挑発するような言葉を投げてみる。もしピロ吉が犯人であれば、何らかの反応が得られるかもしれない。しかし彼の顔色は変わらなかった。

「多少はね。ただ、ぼくには当然の帰結としか思えません」

「その……襲われたのは、転売したことの報いってことですか？」

「はい。転売屋は多くのリスクをはらんでいます。短期的に見れば儲けられるかもしれませんが、長期的に見れば色々な意味で不合理なビジネスなのです」

「たとえば？」

ピロ吉の眼鏡が光った。

「まず、在庫を抱えるリスクがあります。通常の小売業であれば、何をどれだけ仕入れるかを決めるのが仕事の半分以上と言ってもいい。しかし転売屋にそんなノウハウはないし、まして扱っているのは人気の波が大きい商材ばかりです。読み違えれば不良在庫が大量に残ることになる。最近は商品がないのに出品して、落札されたのを確認してから購入する輩《やから》もいるようですが、そのような対応では数がさばけない。プロのバイヤーや大きな組織でもない限り、在庫リスクにさらされているのが現状です」

ロンは内心で感心しつつうなずく。ふざけた名前の割に、発言はまっとうだった。

「別の意味でのリスクもあります。信用です」

「転売屋の、信用？」

「転売屋は所詮《しょせん》、利益にしか目がない素人です。商品管理は粗雑だし、発送に至るまでの連絡もずさん。そういう取り引きが積み重なると、顧客からの信用は当然低下していきます。フリマアプリには出品者の評価をする機能がついていますから、転売屋の評価は目に見えて下がり、敬遠されるようになる。なかにはアカウントを消して別のアカウントで取り引きをする連中もいますが、そこでもやはり信用は低下する。転売屋は取り引きをするほど多くの人の恨みを買うんです」

「でも、住所も氏名も公開していないから、アカウントを消せば簡単に逃げられてしまうんじゃないですか？」

「文章や画像の癖で、同一人物だと特定されることは大いにあり得ます。アカウントを変えても信用は追いかけてくるんです。そして、恨みを買いすぎると時に予想外のトラブルが起こる。ぼくが以前聞いたところでは、住所を特定された転売屋の自宅に動画配信者が乗りこんできて、再生数稼ぎに利用された、という話があります。その気になれば、住所特定も不可能ではないのでしょうね」

ロンの二の腕には鳥肌が立っていた。転売屋もなかなかハードな仕事だ。

「ですから、先ほど聞いたお知り合いの話も、そういうトラブルの延長線上にあるのではないかと。特殊な出来事ではないと思いますよ」

論理立てて話す姿はまるで本物の教師のようだった。ピロ吉に対する当初の印象は、ロンのなかですっかり変化している。言い回しは芝居じみているが、良識的な人物に見えた。この男が石森を襲い、部屋に侵入して窃盗を働いたとは考えにくい。

「あの、ピロ吉さん」

「ピロ吉先生、で」

「すみません。ピロ吉先生。俺の用件を正直に言います」

ロンは、刈田から聞いた話をそのまま伝えた。ハナジョの元メンバーの交際報道。そのきっかけとなった一般人の写真。そして、過激なファンによる撮影者の襲撃。ピロ吉は黙って耳をかたむけた。

「俺が聞いた話では、その犯人がピロ吉先生だという噂がある、と」

「事実無根です」

ふん、とピロ吉は鼻息を漏らした。

「その出来事があったことは知っていますが」

「じゃあ、事件は事実なんですね？」

「ええ。二年前だったと思います。もちろん犯人はぼくではないですけども。それに、その犯人は警察に逮捕されたはずですよ。実名報道ではなかったので、名前は存じませんが」

ピロ吉はスマホを操作し、画面をロンに向けた。ニュースサイトの記事が表示されている。二年前の日付であった。

「見てください」

ニュースの見出しはこうである。

〈傷害容疑で二十六歳の女性を逮捕「アイドルの写真を撮ったことが許せなかった」〉

事件の概要は、確かに噂で聞いた通りの内容だった。目の前にいるピロ吉は、どう見ても二十代の女性には見えない。

「わかってもらえましたか？」

刈田が話していた犯人説は、根も葉もない噂によるものだったらしい。

「失礼しました」

「いいえ。ビギナーさんにそんな噂を流す人間が悪いんです。まったく、よりによってぼくが犯人だなんてひどい話だ。これでも一応、最古参の部類なんですがね。最近のファンは古参への敬意がないんだよな」

「どれくらい応援しているんですか？」

「結成当初からなんで、今年で二十三年になりますね」

　ロンは思わず「えっ！」と叫んだ。

「ハナジョって、二十三年も続いてるんですか」

「知りませんでしたか。ブレイクしたのはここ五、六年の話ですよ。もちろんメンバーは入れ替わってますがね。ぼくの最初の推しはとっくに卒業して、結婚して、子どもも三人いて、一番上の子は今年中学生になってね……」

　遠い目をしている男の横で、ロンは考える。

　ピロ吉との会話で、いくつかの事実が明らかになった。ロンは石森の証言と合わせて、それらのピースを組み合わせていく。導かれる推測は一つしかなかった。

「ピロ吉さん、じゃなくて先生」

「なんでしょう、小柳先生」

「もう少しだけ協力していただきたいのですが」

　最古参のファンはかすかに眉をひそめて、ロンの言葉を待った。

＊

花ノ園女子学園のツーデイズ横浜ライブ、二日目。

今日もパシフィコには多くの観客が詰めかけている。ずっと前から彼女たちのことを見守ってきた私にとっては感慨深い光景だ。

初めてハナジョのライブに参戦したのは六年前。友達の付き合いで行った、地下アイドルのライブがきっかけだった。そのライブは三組のグループが代わる代わる出演する趣向で、ハナジョの出番は最後だった。

その時点ですでにグループ結成から十年以上が経過していたため、他グループのファンからは「化石」「名誉地下グループ」などと呼ばれていた。メンバーは入れ替わりが激しく、初期メンバーは何年も前にいなくなっていた。友達は「観《み》なくてもいいけど、せっかく時間あるから」と乗り気じゃなかった。

まったく期待せずに観た彼女たちのステージは、光り輝いていた。

笑顔が弾《はじ》け、汗が飛び、マイク越しの声が心にまっすぐ届いてくる。力いっぱい歌って踊る少女たちに、私の胸はときめいていた。これまで見たどのアイドルグループとも違うきらめきがあった。

一瞬で虜《とりこ》になった私は、急速にハナジョにのめりこんだ。

SNSをくまなくチェックし、ライブが開催されるたびに日本全国へ足を運んだ。ファンクラブに入り、すべての楽曲を覚え、グッズを買い漁り、ライブの作法を勉強した。ライブに通うようになると、次第に顔見知りのファンもできた。

当時新卒で就職したてだった私は、日々ストレスを溜《た》めていた。ビジネスのしきたりに戸惑い、社内のシステムに混乱し、行きたくもない飲み会に出席させられた。そんな日々をどうにか乗り切れたのはハナジョがいたからだ。彼女たちが力を与えてくれたからだ。

私は特定のメンバーではなくグループ全体を推す、いわゆる「箱推し」である。ひいきのメンバーがいないではないけど、彼女たちの作り出すハーモニーこそが、ハナジョの魅力だと思う。

五大ドームでライブツアーをする。それが、グループの掲げる夢だった。

奇《く》しくも、私がファンになった時期からハナジョのメディア露出が増えはじめた。一部のメンバーが女優やモデルとして個別に活躍するようになり、グループにも好影響を及ぼした。

注目が集まるにつれて、会場が徐々に大きくなっていった。その成功はもちろん彼女たちの頑張りによるものなのだけど、応援しているファンまでもが、自分たちが夢に近づいているような気がしていた。私はますます活動に力を入れるようになった。

事件が起こったのは、ハナジョをテレビでよく見かけるようになり、ドーム公演が現実的になってきた二年前だった。メンバーの熱愛報道が出たのだ。

きっかけは、バカがSNSに上げた写真だった。〈これハナジョのメンバーじゃない?〉という一言と一緒に、腕を組んで歩く男女の写真を投稿したのだ。それは確かに、エースと呼ばれていたメンバーだった。

伸び盛りのアイドルの熱愛は週刊誌やワイドショーで連日報道され、そのメンバーは卒業に追いこまれた。ハナジョの名前にも傷がつき、ファンが離れ、ドーム公演が遠のいてしまった。

私は憤っていた。報道されたメンバー本人にではない。彼女も脇《わき》が甘かったけど、年頃《としごろ》の女の子なんだからそれくらい大目に見てもいいじゃないか。許せないのは、これ見よがしに写真を投稿したバカだ。バカが余計なことをしなければ、ハナジョはもうドームでライブができていたかもしれないのだ。

バカは罰しないといけない。ハナジョのために。

そいつが都内在住の男子大学生であることは、SNSのプロフィールからすぐにわかった。投稿している画像やコメント、つながっているフォロワーから通学先の大学と学部、学年、アルバイト先を割り出す。アルバイト先の居酒屋に客として入り、学生らしき店員に探りを入れた。学部や学年を伝えると、じきにアカウントの人物を特定することができた。

そこまで行けばあとは実行するだけだ。アルバイト先の外で待ち伏せ、店から出てきた相手を尾行する。人気のない夜道に入ったところで、背後から近づき、レンチで後頭部を滅多打ちにした。ひ弱な私が殴ったところで重傷にはならないだろうと思い、力一杯殴りつけた。何度も、何度も、立ち上がらなくなるまで。

二日後、私はあっけなく逮捕された。防犯カメラに逃走する姿が映っていたのが決め手だった。勤め先を退職することになり、留置場へ来てくれた両親は泣いた。それでも私はハナジョのファンをやめられなかった。

表面上は反省したふりをして、執行猶予を勝ち取った。前歴を隠して飲食店でのアルバイトをはじめ、保護司との面談もまじめにこなした。同居している両親の目を盗んで、ライブ通いを再開した。

メンバーが抜けたハナジョは、事件前よりはるかに大きくなっていた。ドームツアーの夢は目前まで近づいている。そして彼女たちはそれだけでなく、「不正転売禁止」を叫ぶようになっていた。グッズをネットで高額転売するやつらが問題になっていたのだ。

ハナジョの敵は、私の敵だ。

バカは後を絶たない。警察が罰しないのなら、私が罰するしかない。

転売屋を見つけるのは簡単だった。転売目的で購入している人間は嗅覚でわかる。そういう人間を見つけたら、物販会場から尾行して自宅を特定する。個人情報さえ握ればあとは始末するだけだ。

私は幾度かライブに参戦し、横浜市内に住む悪質な転売屋に狙いを定めた。髪を青く染めた若い男で、グッズの買い方にも、運び方にも愛がなかった。胸がむかむかした。すぐに殴り倒したかったけど、今回は周到に準備した。防犯カメラなどないであろう細い道で襲撃することに決め、一撃でダメージを与えられる、とがったハンマーを凶器に選んだ。

すべてはハナジョのため。不正転売を撲滅するため。

何日も自宅周辺を見張り、相手がその道に差しかかったところで後ろから襲いかかった。渾身《こんしん》の力をこめて振り下ろしたハンマーの先端は、男の後頭部に食いこんだ。悲鳴を上げて倒れた男からすばやく離れ、逃げ去った。

成功だ。非力な女でも、天誅《てんちゅう》を与えられる。ざまあみろ。

警察は私のもとにやってこなかった。勢いに乗った私はさらに罰を与えることにした。転売屋の部屋は特定していた。アパートの一階にあるため、侵入は容易だった。留守中を狙って窓を割り、家探しをした。クローゼットのなかで買い占めたグッズを発見し、まとめて持ち去った。在庫がなくなれば、転売屋は儲けることができない。盗み出した痕跡《こんせき》を残さないよう、終始手袋をしていたし、使ったスニーカーはすぐ処分した。

悪いことをしたとは思っていない。

アイドルのプライベートを暴くことも、ネットで転売することも、それ自体は犯罪とは言えない。でも、世の中には犯罪でなくても罰せられるべきことがある。そういう連中を痛い目に遭わせるには私刑しかない。

私はこれからも、ハナジョのために処刑を代行し続ける。

いつものように物販会場近辺を巡回していると、見知らぬ男から声をかけられた。

「ちょっと、いいですか」

スーツを着た年配の男性だ。ライブ会場には似つかわしくない雰囲気である。

「なんでしょう」

「首にかけてるそれ、見せてくれる？」

横柄な物言いが気になったが、揉《も》めても仕方ない。素直にＩＤカードを差し出した。男性はカードをしげしげと見て大きなため息を吐く。

「困るよ、勝手にこういうことされちゃ」

「何がです？」

「このカード、手作りでしょ。うちはボランティアスタッフなんてお願いしてないよ。あたかも許可もらってるかのように捏造《ねつぞう》して、悪質じゃない」

「すみません。あなたこそ、何者ですか？」

男性が取り出した名刺には、ハナジョの所属事務所の名が記されていた。社員らしい。

「匿名の問い合わせがあってね。物販会場にボランティアスタッフがいるけど、本当に運営で許可しているのか訊かれたよ。そんな人いないはずだと思って来てみたらあなたがいたものだから、びっくりした」

余計なことをする人間がいるものだ。男性はカードを見ながら「刈田さん、ね」と口にした。私が例の傷害事件の犯人であることは知らないらしい。

「私は良かれと思ってやっているんです。物販では戸惑うビギナーさんが多いし、何より転売を防止するために監視を……」

「気持ちは嬉《うれ》しいけどさ、やっていいことと悪いことがあるでしょう。いい大人なんだから。悪いけど、裏まで来てくれる？　連絡先とか書いてもらうんでね。あとあなたの名前、リストに入れさせてもらうよ」

「なんですか、リストって」

「出禁《できん》リスト」

顔から血の気が引いていくのがわかった。

「そのリストに入ったら、ハナジョのライブに参戦できないんですか？」

「そうなるね。でも仕方ないよ、こんなことされたら」

「待ってください。彼女たちはこんな処罰を望んでいるんですか。私はファンとしてやるべきことをやっているだけです」

「いいから。こっち来て」

いかにも面倒くさそうな顔つきで、男性は関係者専用のドアへと歩いていく。納得できなかった。なぜ、運営は実害を与えている転売屋ではなく、熱心なファンを裁こうとするのか。ＩＤカードの偽造を摘発するより先にやることがあるだろう。

歯ぎしりしながら、私は男性の後についていった。

＊

パシフィコ横浜から、肩を落とした一人の女性が出てきた。

路上には夜が訪れていた。花ノ園女子学園によるライブはすでに開演している。場内からはマイクで増幅された歌声や、スピーカーから流れる音楽がかすかに聞こえていた。ロンはとぼとぼと歩く女性の後を追い、声をかける。

「すみません」

女性がゆっくりと振り返る。彼女は前日、物販会場で会話した刈田であった。街灯の下でもわかるほど顔色が悪い。呆然《ぼうぜん》と立ち尽くす姿はさながら幽霊のようであった。すぐそばをトラックが追い抜いていく。

「昨日、お世話になった者です」

「……ああ。どうも」

ロンのことを思い出したのか、刈田はかすかに頭を下げた。

「何か用ですか」

「知人の家に入った空き巣の正体がわかったので、ご報告しようと思って」

刈田が目を見開いた。どう反応していいか図りかねている様子である。

「へえ……よかったですね」

「立ち話もなんですから、お茶でもしませんか。少し歩きましょう」

乗り気ではないようだったが、それでも刈田はついてきた。空き巣の正体が気になるのだろう。ロンはクイーンズスクエアに入り、昨日と同じカフェへ向かった。二人分のブレンドコーヒーを買って席に着く。店内はさほど混んでいなかった。隣の席には、ハットを目深にかぶった男が座っている。

明るい場所では刈田の顔の蒼白《そうはく》さがより目立った。

「どうかされましたか？」

「……はい？」

「顔色が優れないみたいなんで。まだライブの途中だし、どうしたのかなと思って」

「……体調不良で抜けてきたんです」

ロンは心配そうな表情を作って「そうですか」と答える。

「なら、手短にお伝えしますね」

「お願いします」

「俺の知人を襲撃して空き巣に入ったのは、刈田さんですよね」

その一言で刈田は無表情になった。ロンは構わず話し続ける。

「そもそもあなたの話には嘘が多すぎた。最古参のファンだと言っていましたけど、本当に最古参なら二十三年前から応援していることになります。当時、刈田さんは何歳でしたか？　少なくともアイドルのライブに通える年齢ではないですよね？」

「……保護者と一緒なら通える」

「古参のハナジョファンには、互いのことを先生と呼ぶ文化があるんですよ。それなのに、刈田さんはピロ吉先生のことをピロ吉さんと呼んでいた。本当は、昔からのファンではないんじゃないですか？」

刈田は小声で「うるさい」とつぶやいたが、否定の言葉は出てこない。

「嘘が多いとなると、ボランティアスタッフだというのもにわかに信憑性が薄くなってきます。そこで事務所に問い合わせてみました。ハナジョの事務所は問い合わせ先を公表していなかったので、最古参ファンであるピロ吉先生の人脈を活用して、運営に接触しました。すると、ハナジョのライブにそんなスタッフはいないはずだ、という返事でした」

「あんただったの！」

突如、刈田は激高した。カフェの客が振り向くのも構わず、中腰になり、唾《つば》を飛ばして怒鳴る。

「あんたのせいで出禁リストに入ったんだけど。どうしてくれんの？」

「俺のせいじゃなくて、ＩＤを偽造した刈田さんのせいです。とりあえず落ち着いてください。話はこれで終わりじゃないんで」

まだ言い足りないようだったが、周囲の視線を気にしてか、刈田は腰を下ろした。

「私を陥れて、何がしたいの？」

「陥れてるんじゃなくて、本当のことが知りたいんです」

「屁理屈《へりくつ》ばっかり」

刈田は目に見えて苛立《いらだ》っていた。靴の先で床を踏み鳴らす。

「だいたい、私が犯人とか言ってるけど根拠はあるの？」

「あります」

断言されるとは思っていなかったのか、刈田が怯《ひる》んだ顔を見せる。

「なら、見せてみてよ」

「その前に、自首すると約束してください」

「なんで？」

「俺が刈田さんを呼んだのは、自分から罪を認めてほしいからです。俺の手元には、刈田さんを疑わしいと思うに足る根拠がある。これをそのまま警察に持っていくこともできましたが、そうしなかった。刈田さんに自首してほしいからです」

まだ、刈田が起こした事件の執行猶予期間は終わっていない。もし石森への加害が明るみに出れば、実刑は免れないだろう。だからせめて、自首することで反省の念を示してほしかった。そうすれば多少は減刑されるかもしれない。

ロンはそう説明したが、当の刈田は目を泳がせながら、「恩着せがましい」とつぶやくだけだった。

「いいから、早く見せて」

「……わかりました」

ロンはおもむろに、ジッパー付きのポリ袋を取り出した。なかにはハナジョメンバーの写真をアクリル板に印刷し、切り抜いたものが入っている。アクリルスタンド――通称アクスタであった。定番のアイドルグッズである。

「実は、空き巣被害のあった部屋の外にこれが落ちていたんです。犯人はハナジョのグッズをすべて盗み去ったつもりだったんでしょうが、一つだけ何かの拍子に落としてしまったようですね」

刈田が息を呑む。

「アクリル樹脂の板に素手で触れると、指紋がくっきりと残ります。見てください。ほら、ここに指紋がありますね。おそらくこの指紋は、犯人が盗み出す時に触れたものです。なのでこの指紋を照合すれば、おのずと空き巣の犯人が割り出せる」

ロンの話が進むにつれて、刈田の唇が震え出す。

「嘘……そんなはず……」

「なんですか?」

「そんなはず、ない」

「なぜ?」

刈田は答えない。唇を噛み、きょろきょろと辺りを見ている。動揺が全身から滲《にじ》み出ていた。ロンは席を立つそぶりを見せる。

「そろそろ失礼します。これから警察にこの物証を持っていくので」

「待って。そんなのあり得ない。その指紋は、犯人の指紋じゃない」

「どうして言い切れるんですか?」

「だって、手袋してたもの!」

堪《こら》えきれなくなったように刈田が叫んだ。

その一言を聞き届けたロンは、テーブルの上に出しておいたスマホを操作し、録音停止ボタンを押した。

「はい。どうもありがとうございました」

「えっ？」

「今の発言を録音させてもらいました。手袋をしていた事実は、犯人以外証言しようがありません。当然刈田さんが容疑者ということになります。家宅捜索で盗品が出てきたら、もう言い逃れできないでしょうね」

刈田を呼んだ真の目的は、ボロを出させることだった。

過去の傷害事件や偽造ＩＤの件から、刈田が石森襲撃の犯人である可能性は高いとロンはみていた。ただし確証はない。そこでロンは刈田を呼び出し、アクスタを使って罠《わな》を仕掛けることにした。結果、彼女がクロであることが見事に証明された。

ロンはスマホを操作しながら、わざとらしく「あれ？」と言う。

「すみません。さっきのアクスタ、被害者の私物だったようです。事件とは無関係だったんですね。俺の勘違いでした」

刈田の顔が赤く染まっていく。

「だましたの」

「ただの勘違いですよ」

相手をひっかけて自白を引き出すようなやり方に、後ろめたさがないと言えば嘘になる。ただそれでも、ロンは刈田に自ら犯行を認めてほしかった。

「俺が情報提供なんかしなくても、いずれあなたが犯人だと特定されます。警察はそこまでぼんくらじゃない。捕まる前に自首したほうがいい。それでもわかってもらえないなら、この音声ファイルを持って警察署に行きます」

刈田はしばらく、赤い顔のままうつむいていた。

うっ、とうめく声が聞こえたかと思うと、刈田の両目から涙がぼろぼろとこぼれ落ちた。両手で顔を覆い、嗚咽《おえつ》を漏らす。指の隙間《すきま》から涙が漏れて、膝《ひざ》やテーブルを濡《ぬ》らしていった。

「ハナジョは、私の人生だから……」

ロンは滂沱《ぼうだ》の涙を流す刈田を、じっと見ていた。

「ハナジョが夢を叶えるためには、障害物はできるだけ排除したい。ハナジョが望むことなら、なんだってしてあげたい。不正転売をなくしたいって言うなら、人生をかけたっていい」

「他のやり方もあったんじゃないですか」

「他のやり方って？　転売屋なんて、痛い目見ないとわからないに決まってる。運営の努力も、ファンの気持ちも踏みにじって。誰より傷ついているのはアイドル本人なんだよ。自分たちのグッズが金儲けの道具に使われていると知ったら、どう思うか。彼女たちのことを考えたら、本当はもっともっと痛めつけてやりたい」

刈田はテーブルの上で、震える拳《こぶし》を握りしめていた。

「私がやらなくても、いずれ他の誰かが同じようなことをやる。この世から転売屋がなくならない限り、絶対に」

ロンは隣の席の男に目くばせをした。

目深にハットをかぶった男――石森の顔には、怯えが貼りついている。刈田はその正体にまったく気づいていなかった。

刈田との面会の場に石森を同席させたのは、ある意味賭けだった。加害者と対面させることで、石森は逆上するかもしれない。だが、もし刈田が犯人であれば、その動機を直接石森に聞かせることができる。転売屋への憎悪をじかに伝えられる。転売行為をやめさせる手段として、有効ではないかと考えた。

そして、ロンの狙いはある程度成功しているようだった。

――この辺でいいか。

「刈田さん。ここから一番近いのはみなとみらい交番です。一緒に行きましょう」

顔を拭《ぬぐ》った刈田は、観念したようにうなずいた。

「唐揚げ定食ばっかり食べて、飽きない？」

向かい側に座る凪が、唐揚げを頬張るロンに尋ねた。二人は「洋洋飯店」の隅の席に向かい合って腰を下ろしている。

「ここの店は唐揚げが一番うまいから」

「失礼だね。全部うまいよ」

通りかかったマツの母親が、げんこつで叩《たた》くふりをした。ロンは首をすくめる。凪はエビチリを食べながら「で?」と言った。

「そろそろ、ロンの用件を聞きたいんだけど」

「ああ、そうそう」

さっきまで、近々発売されるグッド・ネイバーズのニューシングルの話で盛り上がっていた。だが、本題はそれではない。

「転売屋の件の顚末《てんまつ》を、話しておこうと思って」

この一件では大いに凪の力を借りた。相談していた相手には、結果を報告するのが礼儀だ。ロンは手短に、刈田という熱狂的なファンが犯人であったことを伝えた。

スマホで録音した証言は出番がなかった。刈田が交番で罪を自供したからだ。その後、刈田は警察署へ連れていかれた。

「自首したら、罪が軽くなるの?」

「確証はないけど、逃げ回るよりもずっと反省の態度は伝わると思う」

自首を勧めたロンは、少しでも減刑されることを祈っていた。

「それはいいとして」

凪は口の周りをおしぼりで拭う。

「問題は、被害者の転売屋だよ。なんて名前だっけ」

「石森」

「その石森はどうなったの。約束通り、転売から足洗ったの？」

ロンは唐揚げを咀嚼しながら右手の親指を立てる。

「ばっちり」

刈田の言葉を直接聞かせたのは、効果てきめんだった。翌日には石森から電話がかかってきた。

――もうやめます、転売。

ひどく思い詰めた声であった。

――なんか、萎《な》えました。あそこまで怒ってるなんて思ってなくて……あと、二度と襲われたくないんで。次はマジで殺されそうな勢いだったし。

今後はリユースショップの店員を目指す、と石森は話していた。値付けや商品管理のノウハウが活《い》かせるかもしれない、というのがその理由だった。実際に活かせるかどうかは不確かだが、目標があるのはいいことだ。

「転売やめたんなら、それでいいけど」

凪は一応、この結末に納得したようだった。

たった一人が転売をやめたところで、大勢に影響はないかもしれない。それでもロンは構わなかった。たとえ一人でも、過ちに気付いて別の道を選んでくれれば。有名人でも権力者でもない、インフルエンサーなどとはほど遠い自分が、大勢の人に影響を与えようなんて大それたことは、端《はな》から思っていない。身近にいる隣人《ネイバーズ》たちの力になることができれば、それで十分だった。

「なあ。さっきの新曲のことなんだけど」

「またその話？」

凪が呆れた顔をする。ロンがグッド・ネイバーズの熱心なファンであることは、凪には言っていない。ただ、なんとなく伝わっている気はしていた。

「リリース前にこっそり聞いたりできない？」

「そういうの、やってないから」

「だよなあ」

仕方なく諦める。

ロンがグッド・ネイバーズを知ったのは二年前。そしてこの二年で、世間のクルーへの注目度は急激に上がっている。凪の歌唱力や楽曲のキャッチーさから、ふだんヒップホップを聴かない層にも浸透しつつある。

「そろそろ、パシフィコでライブできるんじゃないか」

ロンは本気でそう言ったが、凪は苦笑していた。

「さすがにムリ。ただ……」

「ただ？」

「ここだけの話だけど、メジャーのレーベルから声かかってさ」

反射的にロンは「メジャーデビューじゃん」と返していた。これまでグッド・ネイバーズは独立系のインディーズレーベルから音源をリリースしてきたが、メジャーデビューとなれば大手事務所を経由して流通することになる。

興奮するロンを前に、凪は慌てて手を振った。

「まだ決定はしてない。契約もこれからだし、どうなるかわからないけど」

「でも、声がかかるだけすごいわ。おめでとう」

「おめでとうは早いけど」

凪が照れ笑いを浮かべた。彼女にしては珍しい反応である。

「まだ会社員も続けるのか？」

「正直、迷ってる。私なんかがメジャーに行っていいのかなって気もするし」

「いいに決まってるだろ」

ロンは即答したが、凪は曖昧《あいまい》な表情のまま黙っている。その沈黙に意味深なものを感じたが、それ以上は訊けなかった。アーティストにはアーティストなりの葛藤《かっとう》があるのだろう、くらいに思っていた。

「なんでもいいけど、困ったことあったら言えよ」

「そうする」

おしぼりで口元を拭い、顔を上げた凪は、いつものクールな顔つきに戻っていた。

3．盗人のルール

就職した時は、こんなことになると思っていなかった。

高校を卒業して、地元の建設会社で働きはじめたまではよかった。現場の仕事は俺《おれ》に合っていたし、職場の人たちとも仲良くやっていた。高校まで素行が悪かった俺が就職してまじめに働きはじめたことで、親も安心していた。

調子が狂ったのは競馬をはじめたせいだ。

職場の先輩に連れていかれて、付き合いで千円だけ賭《か》けた。それがたまたま当たって三倍に増えた。こんなに簡単に金が稼げる方法があるのか、と勘違いして、その日のうちに競馬にハマった。

手元の金はあっという間になくなった。生活費を工面するためにカードローンで金を借りたけど、それもつい馬券に使ってしまった。買えば買うほど後に引けなくなる。負けを取り返すために無茶な賭けをして、また負ける。そうやってあっという間に借金は増えていく。

二年もしないうちに、借金はとうてい返せない金額に膨らんだ。取り立てに来た男たちには土下座をして、手持ちの小金で勘弁してもらった。俺がまじめに働いていると思って安心している親には泣きつけない。職場にも言えない。頭のなかは、どうやって借金を返すかで一杯だった。そんな調子で仕事をしているから、資材を足に落として怪我《けが》をした。

——お前、大丈夫か？

先輩たちは心配してくれたけど、借金で首が回らないなんて、ダサくて絶対に話せない。なんとか、自力で借金を返さないといけない。でも取り立ては待ってくれない。自宅の近くを怪しい身なりの男がうろつくようになり、職場に見知らぬ男から脅迫めいた電話がかかってくるようになった。

——吉川《よしかわ》くん。さっき、借金返せって電話かかってきたけど……

心配そうな顔をした事務員のおばさんが、こっそり教えてくれた。もう限界だ。これ以上延滞すれば、職場を辞めることになる。そうなればいよいよおしまいだ。内臓を売られるか、家族をさらわれるか、保険金をかけられて殺されるか。

助けを求めて、SNSで「裏バイト」と検索した。ネットには報酬の高い求人が転がっているのだと、ニュースか何かで知っていた。グレーな内容をやらされることはわかっていたけどこの際構っていられない。少しくらい危険でも、内臓を取られるよりはましだ。

ただ——

さすがに、ここまでやるとは思っていなかった。

路上駐車したワゴンの後部座席で、俺は自分でもわかるくらい震えていた。腰に巻いたウエストポーチがずっしりと重い。ここには包丁とナイフが一本ずつ入っている。背中のリュックサックには拘束用のガムテープとロープ。着ているのは、さっき手渡された作業服だ。

今からやろうとしていることは、正真正銘、強盗だった。グレーとかいうレベルじゃない。モロに犯罪行為だ。

「何やってんだ。早く行ってこい、吉川」

運転席の男が俺をにらんでいる。わざわざ名前を呼んだのは、お前の素性を知っているぞ、とプレッシャーをかけるためか。裏バイトの雇い主には、運転免許証を撮った画像を送っている。逃げれば家族や職場に連絡が行くだろう。

「……一人で行かないと、駄目ですか」

「しょうがねえだろ。もう一人があんなことになったんだから」

運転席の男が舌打ちをする。

本当は、この強盗は二人で決行することになっていた。しかしワゴンの助手席に乗っていたもう一人の男は、ここに到着する直前でビビッて逃げた。幹線道路を走っている最中、いきなりドアを開けて転げ落ちたのだ。さすがに運転手も俺もびっくりした。慌てて車から降りて捜したけれど、逃げた男は見つけられなかった。

「中止にはしないんですか」

「できない。これ以上遅れたら、支払いに間に合わなくなる」

何の支払いに間に合わなくなるのかわからないが、男も男で焦っているようだった。正体は知らないが、たぶん暴力団の関係者だと思う。暴力団も金策に苦労する時代なのかもしれない。

ワゴンに乗る前、雑居ビルの一室で俺に計画を説明した男もやさぐれた雰囲気だった。この運転手の兄貴分らしき中年男で、しきりに煙草《タバコ》をふかしていた。

——ここの家行って、金取ってきてくれ。

コンビニへの買い出しを頼むような気楽さで、兄貴分は言った。指定されたのはアパートの一室だった。

——この時間ならじいさんは在宅のはずだ。鍵《かぎ》を開けさせて、押し入れ。あらかじめ金の置き場所も調べてある。奥の和室の押し入れに六百万円。成功したら、お前の取り分は五十万。それでいいな?

——あの……どうやって調べたんですか。

——電話だよ、電話。警察とか消防とか名乗って、聞き出すの。

聞いたことがある手口だった。「アポ電強盗」というやつだろうか。

――えっと、家主がいるのに、金を取ってくるんですか？

――物わかり悪いな。縛り上げて脅すんだよ。道具は貸してやるから。抵抗したら、刃物でも見せればすぐに大人しくなる。

――大丈夫ですかね。

――家主は七十五のじいさんだ。お前、二十歳《はたち》過ぎだよな。さすがに勝てるだろ。

勝てる、とは思う。ガタイはいいほうだし、本気でやればじいさん一人拘束するくらいは訳もない。でも、それをやれば人として終わる気がする。決定的に、後戻りできない地点まで行ってしまいそうだった。

後部座席でぐずぐずしている俺の肩を運転手が小突いた。

「さっさと行けよ、吉川ぁ！」

そうだった。ここまで来た以上、拒否権はない。途方もない借金の額が頭をよぎる。やるしかないのだ。

「……行ってきます」

にらまれながら、俺はワゴンを後にする。

降り立ったのは関内《かんない》駅と石川町駅の間にある路上だった。まだ日没前だが、すでになんとなく寂しい雰囲気が漂っている。海側には中華街や山下公園があって賑《にぎ》やかだけど、こっちはなんとなく人気が少ない。

もうすぐ九月になるが、まだまだ暑さは厳しい。歩いているだけで汗が噴き出す。

指定された木造アパートはすぐに見つかった。外階段を上ると、思っていたより大きな足音が鳴って驚く。辺りを見回すと、路傍に乗ってきたワゴンが停《と》まっていた。俺が犯行をやり遂げるか監視しているのだ。

――クソが。

やっぱりやるしかない。

部屋の前に立ち、覚悟を決めた。じいさんを脅して、縛り上げる。返り討ちに遭《あ》う心配はまずないだろう。むしろ、じいさんを殺してしまわないように注意しなければならない。せめて殺人犯になるのは避けたかった。

呼吸を整え、呼び鈴に指を伸ばした。ポーン、と間の抜けた音がする。段取りは頭に入っていた。家主が出たら、水道工事の業者を装って上がりこむ。玄関ドアが閉まったら、すかさずじいさんを押さえこんで、ガムテープとロープで拘束。あとは素早く金を奪って逃走するだけだ。

だが、じいさんはいつまで経《た》っても出てこない。何度呼び鈴を鳴らしても反応はなかった。

――留守か？

試しにドアノブをひねってみる。なんと、すんなりとドアが開いた。鍵はかかっていなかった。

もしかすると、これはラッキーかもしれない。家主は鍵をかけ忘れて外出したのだ。つまり、じいさんを縛り上げたり、刃物で脅す必要はない。ただ空き巣に入って、金を持ち逃げすればいい。窃盗と住居侵入には違いないが、それでも暴力をふるう必要がないとわかっただけで途端に気が楽になった。

ドアを開けたらすぐにダイニングキッチンだった。奥側のスライドドアは半開きになっている。そこが目当ての和室のようだ。仕事はさっさと終わらせよう。これで五十万なんだから、ちょろいもんだ。エアコンの冷気が肌に心地いい。

スニーカーを履いたまま上がりこみ、スライドドアの向こう側をのぞきこむ。

畳の上で、見知らぬ男が大の字になって寝ていた。

「うわっ！」

驚きのあまり悲鳴を上げると、男が目を覚ましてむくりと起き上がった。坊主頭で体格がいい。年齢は俺と同じくらいか。男は目を細めて俺を見ている。誰《だれ》もいないはずの部屋で、こいつはなにをしているのか。

「……誰？」

こいつ、異様に寝起きがいい。起きてすぐさま状況を理解しているようだった。いや、そんなことはどうでもいい。

「いや、えー、ちょっと」

「泥棒か？」

どきりとする。

「違います、違います。吉川といいます」

焦ってつい本名を名乗ってしまった。男は首をかしげる。

「吉川？」

「いや、親戚《しんせき》です。親戚。ここの家主の」

とっさに嘘《うそ》の言い訳をしていた。言ってから、なんでこいつに説明する義務があるんだ、と思う。男は腕組みをして、品定めするような目で俺を見ながら「ふーん」と言う。まるでこいつが家主のようなふるまいだ。

「とりあえず、靴は脱げよ」

「あ、すみません。誰もいないのかと思って」

自分でも意味のわからないことを口走りながら、つられて玄関でスニーカーを脱ぐ。

内心、もう一人の冷静な俺がささやく。こんなことしてる場合か？　計画は失敗したんだから、すぐにでも逃げたほうがいいんじゃないのか？　そう思いつつ、身体《からだ》は動かない。下手《へた》に逃げれば通報されるかもしれない。ここは様子を見ながら、隙《すき》をついて逃げるのが得策だ。

それに、うまくあの男の注意をかいくぐることができれば、押し入れの金を持ち出せるかもしれない。予定外の事態ではあるが、計画はまだ終わっていない。むしろここからが正念場だ。

俺は気持ちを立て直して和室へ戻った。とりあえず、あの男の正体を探るのが先決だ。男は和室の真ん中であくびをしている。

「あの……どなたですか？」

「ああ、俺？　趙松雄《ジャオ・ソンシオン》。呼びにくかったらマツでいいよ。みんなそう呼んでる」

聞いていた家主の名字とは違う。いよいよここにいる理由がわからない。マツが「歳《とし》は？」と言った。

「二十二です」

「お、同じじゃん。俺も二十二になったばっかり。敬語使わなくていいから」

「あ……うん、わかった」

「よろしく、吉川ちゃん。他人行儀だから、ヨッシー、でいいかな」

やたらなれなれしい男だった。人との距離感がバグってるのか？

マツはあぐらをかいて、スマホをいじりはじめた。改めて見た目を観察する。俺もガタイにはそこそこ自信があるけど、マツの体格はそれ以上だった。腕のたくましさや首の太さが尋常じゃない。しかし見せかけの筋肉ということもある。本気でやりあえば、勝機があるかもしれない。

「鍛えてんの？」

さりげなく尋ねてみると、マツは耳をかきながら「ん？」と応じる。

「鍛えてるってほどじゃないけど。柔術は十年やってる」

「あー……」

絶望的な気分になる。ムキムキの柔術家を相手に、勝てる絵が浮かばなかった。マツは思いついたように「ところでさ」と顔を上げた。

「ヨッシーって、ここになにしに来たの？」

「え」

疑わしそうなマツを前に、固まってしまった。まずい。とりあえず、時間を稼がなければならない。

「そ、そっちは？」

「俺はここんちのじいさんに頼まれたから」

マツは畳をとんとん、と叩《たた》いた。

「この間、じいさんの家に変な電話がかかってきたんだと。警察だか消防だか名乗って、何時に家にいるとか、金はどこに保管してるかとか。つい答えちゃったけど、後になって考えたら不審で気味が悪いって。だからしばらくの間、息子夫婦のところで寝泊まりすることにしたんだって。奥さんには先立たれたし、一人息子の家くらいしか行く場所がなかったんだとよ」

「じゃあ、家主はいないのか？」

「そうだよ。家主って他人行儀だな。ヨッシー、親戚だろ」

「え、あ、まあ、そうだけど」

なんてことだ。アポ電のせいで、かえって用心されている。この調子だと、押し入れの金も持ち去られた可能性が高い。

「なら、マツはなんでここにいるんだ？」

「だから、頼まれたんだよ。メーターがまったく動いてないと怪しまれるかもしれないから、適当に出入りしてほしいって。俺も家でダラダラしてたら親に怒られるから、ちょうどいいやと思って」

「知り合いなのか？」

「ここのじいさん、中華街で雑貨屋やってるだろ。俺の家も中華街なんだよ。だから昔っからの知り合い。まあ、即席のガードマンみたいなもんだ。一応、お駄賃もくれるって言ってたし」

ガードマンのくせに、玄関ドアを開けっぱなしにしておくのはいかがなものか。「鍵、開いてたけど」と言うと、「そうだっけ？」と返ってきた。

マツが言っていることが事実なら、いよいよこの部屋に長居する意味はない。外で待っているはずの運転手に事態を伝えたかったが、あいにくスマホはその運転手に取り上げられていた。

「で、ヨッシーは？」

「近くを通りかかったから、寄ってみただけ。最近会ってないし」

適当に理由をつけると、マツはさほど興味なさそうに「そっか」と応じた。

「じいさんの孫？」

「そんな感じ」

「大学生とか？」

「そうそう」

上の空で相槌《あいづち》を打ちながら、逃げ出すチャンスをうかがう。金がないのなら、この部屋にいる意味などない。

「そういえばさ。見ろよ、これ」

マツは傍らに置いてあった小ぶりなハンドバッグを引き寄せた。ファスナーを開けると、いくつもの札束が現れた。啞然《あぜん》とする。家主がいないのに、どうして金がここにあるのか。

「それ……」

「じいさん、忘れていったんだよ。怪しい電話で慌てちゃってさ。タンス預金してたのもコロッと忘れて、身体一つで息子夫婦の家に転がりこんだんだって。後でこれ届けてやらなきゃいけないんだよ。ま、それくらいの雑用はしてやるけど」

帯封が巻かれた札束を素早く数える。全部で六つ。聞いていた通り、六百万円だ。

生唾《なまつば》を飲みこむ。

どうやら、運には見放されていなかったらしい。この札束を持ち逃げすれば、当初の目的が達成できる。しかし、そのためには目の前の屈強な男を何とかする必要がある。腕力では勝てないだろうが、お世辞にも頭が切れるようには見えない。うまく騙《だま》して、ハンドバッグをかすめ取れないか。

萎《な》えかけていた意志が、再び燃え上がる。

「それ、俺が渡そうか？」

マツの顔がぱっと明るくなる。

「いいの？」

「全然。中華街ならすぐそこだろ」

「おお。助かるわ」

ちょろい。ちょろすぎる。こんなに簡単で、いいのだろうか。ともかくこれで六百万円の回収は終了だ。後は適当に理由をつけて家を出ればいい。頬《ほお》が緩むのを抑えきれない。怪しまれないよう、顔を伏せる。

マツがハンドバッグをこちらへ差し出そうとした、その直前。

「うぃっす」

玄関ドアが開いた。振り返ると別の男がいた。マツの連れか。鋭い目でじろりとにらまれる。

「おう、ロン。やっと来たか」

ロンと呼ばれた男は靴を脱いで和室へ上がってくる。

「いきなり呼び出しといてそれはないだろ。鍵、開きっぱなしだったぞ」

「あれ。ヨッシー、閉めてくれなかったの？」

マツが平然と言い放った。お前が言うな、と文句をつけたいのを堪《こら》える。ロンがあぐらをかき、自然と三人で車座になる。ロンが横目で俺を見た。

「……そっちの人は？」

「吉川くん。じいさんの孫で、大学生だって。ヨッシーって呼んでほしいみたい」

「それは、そっちがつけた呼び名だろ」

反射的にツッコミを入れていた。ロンはなぜか俺を凝視している。

――バレたか？

まだ怪しまれるような真似《まね》はしていないはずだ。取り越し苦労に違いない。何せ、ロンとはまだ会って一、二分だ。

「ヨッシー、だっけ？」

「あ、おう」

「なんで作業着なんか着てるの？」

「え、あ、これ？　私服だけど？」

かなり苦しい言い訳だったが、ロンは「ふーん」とだけ答えた。とりあえず、ごまかせた。マツがロンを指さす。

「ヨッシー。こいつはロンって呼んでくれ。俺とは保育園からの付き合いで、同じく中華街に住んでる無職」

「いや、バイトしてるから。週に三日」

「バイトだろ？　俺は契約社員だから半歩リードだな」

「一緒だよ」

不毛な会話に愛想笑いをしながら、意識は依然ハンドバッグに向けられていた。これさえ回収できれば、この部屋に用はない。

「俺、そろそろ行かないと。ほら、さっきの金。渡しとくから」

マツに言うと、「おっ、そうだった」と言ってハンドバッグをつかんだ。しかしまたしてもロンが「なんの話？」と邪魔をする。

「それ、じいさんの金が入ってるのか？」

「そうだよ。六百万。ヨッシーが届けてくれるって言うから」

「……待て。俺に貸せ」

ロンの目つきがさらに鋭くなった。マツはその表情に感じるものがあったのか、なにも言わずにハンドバッグを手渡す。まさか、本当にバレているのか？　いやいや、ここまで会話らしい会話もしていないのに――

ロンはハンドバッグの中身を確認してから、マツに「お前が持ってろ」と返した。何か気付いたのか？

「ヨッシーって、どこの大学行ってるの？」

おもむろにスマホをいじりながら、ロンは雑談めいた口調で問いかけてくる。適当な大学の名前なんて思いつかない。東大、と答えるのはさすがに嘘くさい。

「いや、別に……」

「横国《よここく》とか？」

「ヨココク？」

「横浜国立大学」

「ああ、うん。そう。ヨココク。急に言われたからわからなかった」

ははは、と笑ってごまかしたが、ロンの顔色は変わらない。

「学部は？」

「えーっと、法学部」

もちろん思いつきだ。だがロンは「法学部かぁ」とうなずいた。ひとまず切り抜けたことにほっとする。

「駅から大学まで、結構歩くよな」

「ああ、そうね」

「どこの最寄《もよ》り駅使ってる？」

まずい。横浜国立大学の最寄り駅など知るはずがない。頭に血が上り、なにも考えられなくなる。

――わかるわけないだろ！

俺は賭けに出ることにした。沿線名だけでなんとかごまかす。それすら間違っていたら、ここで暴れて逃げ出そう。

「地下鉄の……」

ロンが首をひねる。頼む。地下鉄沿いであってくれ。

「三ッ沢上町《みつざわかみちよう》？」

口にした駅名に「そう！」と重ねる。どうやら賭けは成功したらしい。マツもスマホを操作しながら「よく知ってるな」と感心する。

「ヒナから聞いた。あいつ横国が第一志望だから。この間、一緒に下見行ったんだよ」

「へえ。仲いいな」

「普通だろ。幼馴染《おさななじ》みなんだから」

「そういえば、ヒナの受験勉強って順調か？」

「まずは高認に受かってからだな」

マツはスマホの画面を見ながら「マジかよ」とつぶやいた。知らない誰かの噂話《うわさ》など、俺にはどうでもいい。それよりもハンドバッグだ。強引に奪ってしまいたいところだが、相手が悪い。ハンドバッグはマツの手元にある。

気付かれないように近づいて、さっと盗むのはどうか。音を立てず、マツのほうへにじりよってみる。ロンとマツは揃ってスマホに夢中だった。

——意外といけるかもしれん。

手を伸ばせば届く距離まで来た。あとはバッグを奪い取って、玄関ドアを開けて逃げればいい。それで仕事は終わりだ。バカげたやり取りからも解放される。人差し指からそろそろと手を伸ばす。

唐突に、マツが顔を上げた。目が合う。

「わっ」

驚きのあまり、後ろに飛び下がった。ガシャン、とウエストポーチが鳴る。包丁とナイフが入っているせいでやけに重い。いつからか、ロンが冷たい目で俺を見ていた。

「それ、中身なに入ってんの？」

しん、と部屋が静まりかえる。二人とも俺の答えを待っている。

冷や汗が流れた。いっそ、包丁で脅したほうが手っ取り早くないか。でも相手は男二人。

しかも一人は屈強な柔術家だ。刃物を持っていても勝てる保証はない。

「えっと……財布とか」

「財布？」

ロンが俺の正面に座り直した。マツはあくびをしてどこかへ歩いていく。緊張で頭が真っ白だった。

「あ、違う、嘘。本当は工具とか入れてて」

「危なくないか？」

「タオルでくるんでるから、大丈夫」

「ていうか、なんでそんなもの持ってるんだ？」

「大学の課題で。工具使ったんだよ」

「法学部なのに？」

「その、法律の機械を作る実習があって」

法律の機械ってなんだ。自分でもめちゃくちゃなことを言っているとわかる。ロンは無言で肘《ひじ》をついて、じっと俺を見ている。

「ヨッシーさ、嘘ついてない？」

「え、なんで……」

うまい答えが思いつかない。俺にはもう、外面を取りつくろうことすらできなかった。

内心を見透かしたみたいに、ロンはにやりと笑う。

「なんでバレたと思う？」

＊

吉川ことヨッシーは、あからさまに動揺していた。

なぜか手がふらふらと宙をさまよい、目が泳いでいる。これだけ挙動不審なら、誰でも怪しいと思う。嘘をつくことに慣れていないんだろう。

「バレたって、なにが？」

ヨッシーは開き直った。だがその声は裏返っている。

「正直に話してくれよ。まだ間に合うから」

「だから、なにが？」

あくまでしらを切るつもりらしい。なら、仕方ない。

「じゃあ訊くけどさ、じいさんの孫なんだよな。だったらなんで名字が違うんだ？　じいさんには息子しかいない。あんたがその息子の息子なら、普通じいさんと同じ名字なんじゃないか？」

ロンにとって、それが最初に気になったポイントだった。じいさんの子どもは一人息子だ。その息子が婿入りしたとかなら別だが。ヨッシーは説明するでもなく、黙ってうつむいている。

「あと、横国に法学部はない」

ロンの疑いが確信に変わったのは、そこだった。ヒナから見せられた大学のパンフレットには法学部がなかった。三ッ沢上町が最寄り駅なのは事実だが、それはヨッシーを油断させるために話を合わせただけだ。

これでじいさんとの血縁関係も、大学生という立場も疑わしくなった。アポ電の直後、というタイミングから考えるに、この怪しい男がアポ電と何らかの関《かか》わりをもっている可能性もある。

「それと、さっきの工具の件ね。話が破綻してるのはもちろんとして。さっき『危なくないか？』って訊いた時に『タオルでくるんでるから、大丈夫』って答えたよな。どんな工具が入ってるのか知らないけど、タオルでくるむ必要があるってことは、そこに入ってるのは刃物なんじゃないか？」

ロンがウエストポーチを指さすと、ヨッシーは後ずさった。ガシャン、とまた音が鳴る。

「答えてくれよ。本当は誰で、何しに来たんだ？」

「………」

「じいさんの金が目当てか？」

ヨッシーがじろりとロンを見た。どうやら図星らしい。

「やめとけよ。今ならまだ、間違えて部屋に入ってきたってことにしとくから」

「……うるさいんだよ！」

突然、ヨッシーは逆上した。

「お前になにがわかる！　とんでもない額の借金返すには、もうこうするしかないんだよ！　内臓売られるよりましなんだよ！」

物騒なことを叫びながら、ヨッシーはウエストポーチのファスナーを開けた。流れるような動作で包丁をつかみ取る。タオルを剝《は》がすと、抜き身の刃が現れた。照明を浴びて鈍く光る。

「バカにしやがって。クソが。ぶっ殺すぞ！」

ロンは両手を上げて「落ち着け」と呼びかけるが、ヨッシーはまだわけのわからないことを言っている。ちょっと追い詰めすぎたかもしれない。

「俺をなめんな！」

どん、と勢いよく包丁を畳に突き立て、引き抜く。脅しのつもりらしい。

「やめろって。後で部屋の弁償金、請求されるぞ」

「うるさい！」

ヨッシーは包丁を持った右手を大きく振りかぶる。ヤケになって、ロンに襲いかかろうとしている。さすがにまずい。腰を浮かせたが、それよりヨッシーが踏みこんでくるのが早かった。鋭い包丁が振り下ろされる――

次の瞬間、包丁はまたも畳に突き刺さっていた。

背後に回っていたマツが、羽交い締めにしたヨッシーをうつ伏せに倒している。右手の包丁を取り上げ、部屋の隅に投げた。

「あっぶね……」

ロンがつぶやく。マツが動くのがあと少し遅かったら、畳ではなくロンの下腹に包丁が刺さっていたかもしれない。

「ふざけんな、放せ、おい！」

顔を真っ赤にしたヨッシーが暴れているが、マツに組み敷かれてびくともしない。

「結構、きわどかったな」

「よかったじゃん。刺されなくて」

もがくヨッシーを制圧しながら、マツが涼しい顔で言う。

ロンはヨッシーの素性が怪しいと感じた時点で、マツに疑いを伝えていた。雑談しつつスマホのメッセージアプリでこっそり連絡したのだが、マツが普通に「マジかよ」と言うのでひやりとした。

それから、手分けをして説得に動いた。ロンは正面からヨッシーに話しかけ、注意を引き付ける。その隙にマツが背後に回り、異常があればすぐに飛びかかる手はずになっていた。すんなり嘘を認めてくれればマツの出番はなかったのだが、そうはいかなかった。

しばらく暴れていたヨッシーは、やがて動かなくなった。そのうち、すすり泣く声が聞こえてきた。

「もう、他に方法がなくて……俺はクズだから……」

情けないことを言いながらすすり泣いているヨッシーは、かなり惨めな雰囲気だった。なんとなく、力ずくで抑えこんでいるのがかわいそうに思えてくる。

「なあ。いったん放してやってもいいか？」

マツも同じことを考えていたらしい。ロンが「いいんじゃない」と言うと、背後からのしかかっていたマツがゆっくりと身を起こした。まだ泣いているヨッシーに、ロンは語りかける。

「借金があるのかもしれないけど、返す方法は他にもあるって。強盗なんかやっても警察に捕まるだけで……」

話の途中で、ヨッシーはがばっと身体を起こした。畳に置いてあったハンドバッグを素早くつかんで、玄関のほうへと走っていく。慌ててマツが手を伸ばすが、わずかに届かない。

「おい、待て！」

叫んでもヨッシーは止まらない。靴も履かず、玄関ドアに手をかける。そのまま勢いよく押し開けたところ、ドアの向こうに立っていた人影が後ずさった。

「なんだよ、びっくりした」

鳥の巣みたいなボサボサ頭に眠たげな目の男が、そこに立っていた。幼馴染みの欽ちゃんだ。ロンはつい「遅いよ」と言っていた。欽ちゃんは頭を搔《か》いている。

「これでも最速だよ。せっかくの休みなのに、呼び出しやがって」

「どけ！」

面食らっていたヨッシーが、欽ちゃんを押しのけて外に出ようとする。しかしその前にマツが追い付き、後ろからまた羽交い締めにする。こうなればもう動けない。ヨッシーは両手をでたらめに振り回すが、マツに当たる気配はなかった。

「どけって！　お前誰だよ！」

「こういうものです」

嚙《か》みついてきたヨッシーの目の前に、欽ちゃんは警察手帳を突き出した。神奈川県警刑事部捜査一課。それが欽ちゃんの勤め先である。手帳を目にしたヨッシーは、ぴたりと暴れるのをやめた。

ロンはメッセージアプリでマツとやり取りをしながら、並行して欽ちゃんにも連絡していたのだった。

「お兄さん、身分偽って家のなか上がりこんだみたいだね。不法侵入だよ」

「いや……その……」

「いいこと教えといてやる。窃盗犯は短時間で仕事を終わらせるのがルールだ。長居すればするほど、犯行が露見しやすくなるからな。こんなやつらとダラダラ話してたら、うまくいくものもいかないぞ」

欽ちゃんがロンとマツを交互に見やる。

「ま、とりあえず交番行こうか。ここからだったら吉田橋《よしだばし》が近いな」

「じゃあ欽ちゃん、あとよろしく」

「お前らも来るんだよ。そこの包丁も持ってきて」

欽ちゃんはさっさと歩き出した。その後ろを、羽交い締めにしたままマツとヨッシーがついていく。ロンは部屋に転がっている包丁をタオルでくるみ、ハンドバッグと一緒に自分のカバンに放《ほう》りこんだ。

――ヒマつぶしに来ただけなんだけどなぁ。

元はと言えば、ここに来たのは退屈を持て余したマツに呼ばれたせいだった。まさか、こんな目に遭うとは。ただ、不思議と気分は悪くない。交番へと歩く足取りも自然と軽くなる。

「さすが〈山下町の名探偵〉だよな」

「そのあだ名はやめろって」

マツの軽口に応じながら、ロンの頬は少しだけ緩んでいた。


「最近、よそよそしくない？」

ウェブ会議ツールの向こう側で、ヒナが不満そうに口をへの字にしている。整った眉《まゆ》の間には深い皺《しわ》が寄っていた。ロンはその指摘に心当たりがない。週に一度はウェブ会議ツールで話すか、直接会うようにしている。

「どこが？」

「前はトラブルがあったら真っ先に私を頼ってきたくせに、最近は全然連絡してこないじゃん。チップの件も私に言わないで解決しようとするし。あと、この間の転売屋！　あれこそなんで言わないわけ？　私のＳＮＳアカウント使えば、もっと効率的に人探しもできたのに……」

ロンは最近、トラブルが解決した後でヒナに話すようにしている。それが気に食わないらしく、ディスプレイのなかのヒナはくどくどと文句を言い続けていた。

いの」

「ロンちゃんなんて、SNSもやってないし流行にも疎いし……遠慮せず、私に言えばいいの」

「いや、勉強で忙しいと思って」

八月上旬の試験日まで、ヒナは高卒認定試験に向けて勉強する毎日だった。

「そんなの平気だから。私だって一日中勉強ばっかりしてたらおかしくなるよ。たまには別のこともしないと。実際、余裕だったし」

ヒナがにやっと笑ってピースサインを作った。

つい先日、高卒認定試験の結果が通知された。ヒナは無事に合格し、大学を受験する資格を獲得した。その日はすぐさまロンのもとに電話がかかってきて、「受かった、受かった！」と大騒ぎしていた。余裕だったと言っているが、内心は心配していたのだろう。

「本当に大丈夫か。次は入試だろ」

ヒナの第一志望は、横浜国立大学の理工学部である。大学受験など検討すらしたことがないロンにはよくわからないが、高認よりは難しいのだろう。すでに日付は九月に入っていて、共通テストまでは四か月しかない。

「どうせ、ムリで元々なんだし。自分で言うのもなんだけど、高認受かっただけでもすごい進歩だと思う。現役に比べたら四年も遅れてるんだし、今さら焦ったところでしょうがないしね」

声が湿っぽくなる。ヒナもそれを自覚したのか、「それでもまだ二十二だけどね」とことさらに明るい声で言った。

「ヒナはマジですごいよ」

昨年まで家から出られなかったことを思えば、驚くほどの変化だった。

「ヒナなら受かるよ、横国」

「ありがとう。でも、本当に何かあったら言ってよ。後でわかったら怒るからね」

「じゃ、頼らせてもらうわ」

ロンはヒナが前を向いていることに安堵《あんど》する。それと同時に、ほんの少しだが焦りを覚えるのも事実だった。ヒナは淀《よど》みから抜け出して、自分の道を歩こうとしている。それなのに、自分はずっと同じ場所に留《とど》まっているような気がしていた。

後を継ぐはずだった「翠玉楼」はとっくに閉店した。家を出て行った母親は詐欺師となり、現在でも行方が知れない。ロン自身にも、確固とした夢や目標があるわけではない。緩やかな焦りを感じながら、なんだかんだ気楽なフリーター生活を続けている。

——俺、死ぬまでこのままなのかな。

父親が亡くなった九歳の冬から、ロンはまだ一歩も進めずにいる。

「この間、凪さんと電話でしゃべったんだけど」

物思いにふけっていたロンは、ヒナの声で我に返った。

「おう。なんか言ってた？」

「高認合格おめでとう、ご飯行こうって」

以前凪が、試験が終わったらデートに誘ってみようかと言っていたことを思い出す。本当に実行したらしい。

「行ってくれば？」

「行くならロンちゃんとマツも一緒でしょ。凪さんにもそう言っておいたから。前から行きたかったパフェのお店あるから、そこにしようよ」

ロンは「あー」と言いながら、凪の真意を教えるべきか迷った。おそらくヒナにはデートの誘いであること自体が伝わっていない。しかし真っ向から指摘するのも、気の毒に思えた。

「……そういう意味じゃないんじゃない？」

「え、どういう意味？」

まったく気が付いていない。これ以上、指摘するのはやめておくことにした。凪もたぶん電話口で諦《あきら》めたのだろう。ロンはヒナの鈍感さに内心で呆《あき》れる。

「凪さん、今度川崎でライブやるんだって。チケットくれるって言ってたから、ロンちゃんの家に送ってもらうようにお願いした」

「ヒナの家じゃなくて？」

「私は行けないよ。代わりに行ってきて」

　ヒナは自分の足元を指さした。車いすだから、と言いたいらしい。しかしロンには納得できなかった。

「行けないことない。凪だって、わかってて誘ったはずだろ」

「ムリだよ。ライブハウスなんて、車いす対応してないところが多いだろうし。仮に対応してても、周りに迷惑かけるから。正直、ライブで興奮した人たちに囲まれたら、って思うと怖いし」

　そう言われると、ロンも強くは誘いづらい。怖いと言っている人間を引っ張り出すのも気が引ける。

「とりあえず、チケットは預かっとく」

　一時間ほど話して通話を終えた。ウェブ会議の後はいつも部屋が静かに感じる。妙な寂しさと、未来への言いようのない不安を覚える。十代のころとは質の違う不安だった。

　そこに電話がかかってきた。スマホに表示されているのはマツの名だ。

「あ、ロン？　ヒマならゲームしない？　ピザ注文するから」

　底抜けに明るい口調だった。

「なんか機嫌いいな」

「実は先週末勝ったんだよ、お馬さん。いやー、久しぶりに儲けさせてもらったわ。ここんとこ負け続きだったから」

電話の向こうのマツは浮かれきっている。ロンは思わず尋ねていた。

「マツって、将来の悩みとかないの？」

「ある、ある。今週末のGⅢでどの馬券買うか、悩んでるぞ」

その発言には、すがすがしいほど葛藤《かっとう》がなかった。ロンは思わず笑ってしまう。部屋で一人悩んでいたのがバカバカしく思えてくる。

「で、うち来れんの？」

「行くわ。十分待って」

「はいよ」

通話を切って家を出る。幸い、口うるさい良三郎はリビングにいなかった。

ロンは夜の雑踏をかき分けながら、あとしばらくは、目の前にある自由を楽しもうと考えていた。

4．凪の海

扇橋《おうぎばし》から眺める運河は凪《な》いでいた。

日曜とあって、昼下がりの臨海部は人通りが少ない。平日はトラックがガンガン通っているけど、週末はだいたいこんな感じだ。かつて、私がここに通っていたころもそうだった。年数を指折り数えてみる。

――あれから、七年。

ここに来るのは、中学三年生以来だった。

グッド・ネイバーズとして横浜や藤沢《ふじさわ》、小田原《おだわら》ではライブをやったことがあるけど、川崎だけは頑なに避けてきた。仲間には「川崎にはいい思い出がないから」とだけ言っていたけれど、これだけクルーの名が知れてくると、さすがに神奈川第二の都市を避け続けるのは難しかった。ファンからの要望もあり、今回初めて川崎のライブハウスでやることになった。

でも、やっぱり気は進まない。

扇橋の欄干に身体《からだ》を預けて、ぼんやりと両岸の光景を眺める。どっちを見ても工場の建物が並んでいた。

川崎臨海部と呼ばれる地域は、海沿いの陸地と埋立地で構成されている。埋立地の間は運河で隔てられ、橋がかけられていた。扇橋は、陸地と扇町《おうぎちょう》の埋立地の間にかけられた橋だ。ＪＲ昭和《しょうわ》駅から歩いて五分の場所にある。

この周辺に限らず、臨海部は巨大な工場群で知られている。製鉄所、石油工場、リサイクル工場、ガス工場、セメント工場、発電所、などなど。この辺りの電車やバスを利用するのは、大半が工場の関係者だ。海沿いだけあって物流拠点も少なくない。とにかく、巨大建築物と車が多かった。

うちの親は臨海部に勤めているわけでもないし、前に住んでいた家はもっと川崎駅から近かった。たぶんあの子と知り合っていなければ、ここに足を踏み入れることすらなかっただろう。

「キム・ジアン」

小さい声でつぶやいてみると、余計に切なくなった。言わなきゃよかった。

彼女は今も、あの焼肉屋の二階に住んでいるのだろうか。

ふと、行ってみたくなる。もう七年も経《た》つんだ。もしかしたら、あの過去も全部なかったこととして、前みたいに普通に接してくれるかもしれない。私たちはもともと、仲が悪かったわけじゃないんだ。そうだ、今からでも――

一歩踏み出したところで足が止まる。

そんな都合のいい話、あるはずない。彼女と最後に話した日、ひどく冷たい目をしていたことを思い出す。

――二度と私の前に現れないで。

そう言われた時の声はまだはっきりと覚えている。反射的に、固く目を閉じる。あの時のことは思い出したくない。それなのに、出来の悪い脳みそは言うことを聞いてくれない。ジアンの悲しげな横顔。遠ざかる後ろ姿。奥底に押しこめていた記憶が、鮮明に蘇《よみがえ》ってしまう。

こんなことなら、来なければよかった。

ライブの開演直前、リハーサルの時間をずらしてまでここに来た理由が、自分でもわからなくなってくる。いい思い出がない、というのは事実だ。ただでさえ、川崎にいると亡くなった妹を思い出して後悔する。そのうえ、ジアンとの切ない過去までフラッシュバックしてしまう。

たぶん、私はありもしない奇跡を期待していたのだ。扇橋に立っていれば、偶然通りかかったジアンと会えるかもしれない。あの時みたいに。そんな確率、限りなくゼロに近いというのに。

仮に再会できたとして、何を話すというのだろう。ジアンは私を無視するだろう。私はどう声をかければいい？　なんて言えば、また昔みたいに話すことができる？

大型トラックが続けざまに目の前を駆け抜けていった。

あと、一台だけ。あと一台トラックが通るまでは待っていよう。

しばらくトラックが来ないよう祈りながら、未練がましく凪いだ水面を眺めていた。


扇橋の停留所から臨港バスに乗って、川崎駅を目指す。

空いた車内で、私は右側最後部の席を選んで座った。臨海部を行き来する時は、この席を選ぶのが自分なりのルールだった。ライブに向けて気持ちを作っていかないといけないのに、バスの揺れに身を任せていると、関係のないことばかり考えてしまう。

恋愛対象が女性だと自覚したのは、いつからだろう。

小学生の高学年くらいから、なんとなくわかっていた気はする。でも、それが多数派じゃないことも理解していた。だから高校を卒業するまで周りには隠していた。友達にも、家族にも。

恋愛の話題になったら、男が好きなふりをして適当に話を合わせた。男女の恋愛が描かれるストーリーには入りこめず、女性同士が恋愛する映画やマンガをこっそり楽しんだ。好きな同級生から、片思いしている男子の話を聞くのがいやだった。結婚も、妊娠も、出産も、自分のこととして聞けなかった。

それなのに、世間は私が女性として生まれた、という一点でそれらを強要しようとする。つらい、という一言で表したくないくらいつらかった。公表している今だって、完全に楽になったわけじゃない。両親が一度も否定的なことを言わないのは嬉《うれ》しいけど、他の人は必ずしもそうではない。

冗談でしょ。気持ち悪い。もったいない。

一時的なもの。いずれいい人に会う。男もいいもんだよ。

どこかおかしい。病気だよ。あり得ない。

いろんなことを言われてきたし、言われている。でもどんなにひどい言葉を投げつけられても、私が私であることは変えようがない。他人に私を批評する権利はない。そうわかっていても、しんどいものはしんどい。

でもジアンと一緒にいた一年ちょっとの間だけは、そんな私を全力で肯定できた。この人を好きになった自分は間違ってない、と信じられた。だからどうしても会いたくて、臨海部に行った。

結果、得られたのは切ない回想だけだった。

川崎駅前でバスを降り、ライブハウスに向かう。雑踏をすり抜けながら歩いている間も、視線はついジアンを探している。しかしいない。当たり前だ。私は、彼女が現在どこに住んでいるかすら知らない。

　ライブハウスの楽屋では、樹《いつき》がノートパソコンと向き合っていた。一九〇センチを超える巨体を縮めてキーボードを叩《たた》いている。半袖《はんそで》シャツから伸びる腕には、トライバルのタトゥーが入っていた。

　樹は喧嘩《けんか》やスポーツよりもパソコン作業のほうが得意で、グッド・ネイバーズのMC兼デジタル担当である。

「何してんの？」

「今夜の告知。あと、前売りの確認」

　口数の少ない樹が、最低限の言葉で答える。

「みんなは？」

「タバコでも吸ってんじゃないか」

「じゃあ私も吸ってこよ」

　楽屋を出る寸前、思い立って訊《き》いてみた。

「ねえ。キム・ジアンって人から連絡来てないよね？」

「誰《だれ》って？」

　もう一度名前を伝えるが、樹は「来てない」と首を振った。

「知り合いか？」

「うん、まあね。ありがとう」

　屋外の喫煙所では、スキンヘッドの小柄な男が紙タバコを吸っていた。後ろ姿だけで、それがＢＢ《ビービー》だということがわかる。Ｔシャツに半分隠れているけど、襟首からは和柄の獅《し》子《し》の彫り物が覗《のぞ》いていた。

「お疲れ」

　隣に立って、電子タバコを取り出す。ＢＢは横目で私を見た。

「用事は済んだか？」

「まあね」

　それ以上は追及されなかった。こいつは噂《うわさ》話が好きだから詮索《せんさく》してくるかと身構えていたけど、さすがに空気を読んだらしい。

　ＢＢはグッド・ネイバーズのＭＣ兼物販担当だ。しゃべりがうまいから、業者との交渉も上手にまとめてくれる。名前の由来が坂東文三郎《ばんどうぶんざぶろう》という本名のイニシャルであることは、クルーだけが知っている。

「メジャーかあ」

　ぷかあ、と煙を吐き出したＢＢがつぶやいた。メジャーレーベルに移籍することは、今日のライブで発表することになっている。「そうだよ」と私は何の意味もない返事をする。

「なんか、嘘《うそ》みたいだな。俺《おれ》らがメジャーなんて」

「嘘じゃないよ。私ら、よくやったよ」

グッド・ネイバーズは、MCの私、樹、BB、それにDJを務めるサカキの四人で構成されている。これまでインディーズで活動していた私たちは、ほぼすべての作業を自前でやってきた。私はデザイン全般を担当しているし、トラックメイカーのサカキは機材管理や音源制作の指揮を取っている。

大手の事務所なら誰かがやってくれるようなことも、全部自分たちでやってきた。公演や音源制作、配信や宣伝だけじゃない。厄介な客を追い返したり、パクリに抗議したりといったトラブル対応もだ。ずいぶん苦労したけど、やっと報われた。

最年少の私が高校生のころに結成してから五年。とうとう、大舞台に立つ準備ができた。約三か月後、来年一月一日をもって私たちは移籍する。メジャーデビューシングルは一月中にリリースする予定だ。

BBは鼻から盛大に煙を噴き出した。

「まあ、俺らは凪に連れてきてもらったようなもんだけどな」

「だから、そんなことないって」

「自信持て。フロントマンだろ」

一応、グッド・ネイバーズのメインMCは私ということになっている。勢いに押されるように、「そうだけど」と答えた。

「川崎にどんな思い出があるのか知らんが、凪のパフォーマンスが落ちたら俺らは終わりだ。励ましで言ってるんじゃないぞ。責任持てよ」

中学時代のことは話していない。それなのに、まるでBBには私の気持ちを見透かされているようだった。

「……わかってる」

「頼むぞ」

吸殻を揉《も》み消して、BBは喫煙所を出て行った。

それからしばらく一人で電子タバコをふかした。薄い色の煙が空気に溶けていく。吸っても吸っても、気分が晴れない。

――ジアン、ライブ観《み》に来てくれないかな。

この期に及んで、私はまだそんなことを思っていた。

＊

十月上旬の空気には、夏の余韻が残っていた。

オールスタンディングのフロアは若い男女でほぼ満杯だった。エアコンはついているようだが、人の密度が高すぎるせいで蒸し暑い。特に混雑が激しい前列は避けて、ロンはなかほどで開演を待っていた。

このライブハウスには観客用のエレベーターが設置されていたが、工事中で使用できなかった。凪もそこまでは気が回らなかったのかもしれない。

「あっついなぁ」

隣ではマツが顔をしかめている。

「我慢できないほどじゃないだろ」

「十月ってこんなに暑かったっけ。欽ちゃん、大丈夫？」

さらにその隣にいる欽ちゃんが、「なめんなよ」と応じる。相変わらずのボサボサ頭だが、目はいつもより見開かれている。ポロシャツにスラックスという私服は絶妙にダサく、しゃれた若者たちの間で若干浮いていた。

「ましな格好してきてって言ったじゃん」

ロンが苦言を呈すると、欽ちゃんはむっとした。

「これが一番ましな格好だ」

「他の私服、もっとひどいってこと？」

「うるさいな。いつもはスーツしか着ないんだよ」

「センスがないと、ヒナに嫌われるよ」

この年上の幼馴染《おさななじ》みは、前々からヒナに片思いをしている。ロンやマツはとっくにそれを知っていたが、当のヒナだけが気付いていていない。ロンにしてみればいつものように茶化しただけだったが、欽ちゃんからの返事はなかった。見かねたマツが横から「ロン」と言う。

「欽ちゃんも、お前にだけは言われたくないと思うぞ」

「俺、そんなに服のセンスない？」

「そうじゃなくてさ……」

マツはなにか言いかけたが、諦《あきら》めてステージに向き直った。

凪から送られてきたグッド・ネイバーズのライブチケットは、三枚あった。ロン、マツ、ヒナを想定していたのだろうが、車いすのヒナは辞退せざるを得ない。チケットが無駄になるのももったいないので、欽ちゃんを誘った。欽ちゃんは最初「調整できればな」と予定がある風だったが、それが単なるポーズだということは長年の付き合いからわかっていた。

そういうわけで、男三人、川崎のライブハウスで並んで開演を待っている。

三人の衣服にはゲスト・パスと呼ばれるステッカーが貼《は》られていた。招待客のために用意されたもので、これを貼っていればフロアだけでなく楽屋にも入ることができる。

「欽ちゃんは凪のライブ観るの初めてだよね？」

ロンはすでに数回、グッド・ネイバーズのライブを現地で観ている。熱烈なファンであることは、凪には秘密にしていた。

「そうだな。有名なのか?」

「今、めちゃくちゃ来てるよ。もうすぐメ……」

メジャーデビュー、と言いかけて、ロンは口をつぐんだ。凪から口止めされていたことを思い出したのだ。

「なんだよ。メ?」

「……メロメロになるから」

明らかに苦しいごまかし方だったが、欽ちゃんは「そっか」とあっけなく納得した。刑事としてはそこそこ好成績を残しているはずだが、昔からどこか抜けている。

じき、フロアに流れていた音楽が止まって照明が落ちた。開演の合図だ。ざわめきが静まりかえり、無言の熱気が充満していく。手拍子や、凪を呼ぶ声援が聞こえる。ロンは自然と首でリズムを取っていた。

ステージが強い光で照らしだされ、四つの人影が現れる。後方にはDJブースの前に陣取ったサカキ。手前には樹とBBを従えた凪が仁王立ちしている。フロアが歓声と拍手で満たされ、指笛が鳴らされる。

ロンはライブに足を運ぶたび、凪の豹変《ひょうへん》ぶりに驚かされる。中華街やカフェで話している時は気の置けない同世代の仲間だが、ステージに立った途端、近寄りがたいオーラが漂う。今日は赤いボウリングシャツに、紫のワイドパンツという出《い》で立《た》ちである。街では浮きかねない独特のファッションも、凪が着ると映える。

凪は正面を指さし、右手に握ったマイクをゆっくりと口元に運んだ。

「〈墜落少女〉」

凪が最初のタイトルを告げた瞬間、再度フロアが沸いた。二年前にリリースした〈墜落少女〉は、ヨコ西で死んだ妹のために凪が作った音源であり、今やグッド・ネイバーズの代表曲の一つだった。

ロンは身体を揺らして聴き入った。マツは歓声を上げ、欽ちゃんは直立不動でステージに見入っている。フロアに詰めかけた客の五感がグッド・ネイバーズに集中している。

ステージに立つ凪は、歌いながら、誰もいない空虚を指さし続けていた。


終演後、楽屋へ行こうと言い出したのはマツだった。

「樹とかBBとも話したいし。ロンも凪と話したいだろ」

マツは凪だけでなく、二人の男性MCとも仲が良い。凪の妹の件で顔を合わせて以来、意気投合したのだという。

「連絡もせずに行っていいのか？」

「ライブの前に樹には言っといた。いつでも来ていいって」

了解が取れているなら、断る理由はなかった。ロンたちは正面の出入口から外に出て、裏手の通用口から再びライブハウスに入った。楽屋へ通じる廊下を歩きながら、ロンは黙っている欽ちゃんに尋ねてみる。

「どうだった、ライブ」

「……すごかったよ」

欽ちゃんはぽつりと言った。

「ライブ自体、ほとんど来たことなかったけど。あんなに盛り上がるんだな。感動した」

言葉は少ないが、率直な意見であることは声音からわかった。自分の手柄ではないのに、ロンまで誇らしくなる。

「失礼しまーす」

マツが楽屋のドアをノックしてから、開け放つ。室内ではさっきまでステージにいた四人がソファに座ってくつろいでいた。壁一面に、所狭しと過去の出演者のバックステージ・パスが貼られていた。

「おっ、マツじゃん！」

最初に立ち上がったのは、スキンヘッドのＢＢだった。Ｔシャツは汗でぐっしょりと濡《ぬ》れているが、マツは構わず抱擁《ほうよう》する。

「最高だった」

「当たり前だろ」

盛り上がるマッとBBを横目に、ロンは凪に「お疲れ」と声をかける。凪は「疲れたよ」と返したが、その顔には充実感が漂っていた。樹はその隣でぼんやりしている。あまり口数が多いタイプではない。DJのサカキは愛想のいい笑みを浮かべながら、やり取りを見守っていた。MC三人は二十代だが、サカキだけは四十過ぎだと聞いている。眼鏡をかけた人のよさそうな風貌《ふうぼう》で、保護者の感がある。

「メジャーの件、改めておめでとう」

「うん。色々あったけど、どうにかここまで漕《こ》ぎつけた」

「会社は？」

凪は少しだけ躊躇《ちゅうちょ》してから答えた。

「これからもっと忙しくなるし、年内で辞めるつもり。正直、不安もあるけど」

「凪なら大丈夫だろ」

サカキが「そうだよ」と合いの手を入れる。

「業界歴二十年の俺が保証する。凪の実力ならどこに行っても通用する。今日の盛り上がりだって、ベスト更新してただろ。間違いないよ」

「ありがと」

樹は無言で大きくうなずいていた。凪の実力はもちろんだが、このクルーと一緒ならきっとやっていける。ロンは所在なげに立っている欽ちゃんを、クルーに紹介した。神奈川県警の警察官であることを話すと、凪が「ああ、例の」と半笑いになった。

「お前、どんな風に俺を話してるんだ?」

欽ちゃんに軽くにらまれたが、ロンは無視する。

しばらく談笑していると、またドアが外側からノックされた。

「誰ですか?」

サカキが尋ねたが返事はない。

「そういえば、事務所のマネージャーが挨拶《あいさつ》に来るって言ってた」

樹がつぶやくと同時にドアが開いた。そこに立っていたのは、四十代くらいの女性だった。カットソーにジーンズという出で立ちで、髪は荒れている。ゲスト・パスは貼っていないようだった。無表情で室内を見回す姿は、どこか異様であった。

「マネージャーさんですか?」

奥まった席にいる凪が質問した。視線をさまよわせていた女性は、凪に視線を止めるとそちらへ一歩踏み出した。

「え、ちょっと……」

凪が後ずさるのと、女性がジーンズのバックポケットから小型ナイフを取り出すのは同時だった。ナイフの先端は凪の心臓に向けられていた。

「私が誰か、わかりますか？」

女性は震える声で凪に問いかける。和やかだった空気が一変する。あきらかに異常事態が起こっていた。最初に反応したのは欽ちゃんだった。

「落ち着いてください。危険ですから、いったん下ろしましょう」

「答えてください。私が誰か、わかりますか？」

女性は構わず問い続ける。欽ちゃんは凪に向かって首を横に振った。答える必要はない、というメッセージだろう。凪はしばし迷っているようだったが、意を決したように相手を見据えた。

「わかりません。どなたですか」

「やっぱり、忘れてるんですね」

女性は悔しそうに唇を嚙《か》む。

彼女の背後からマツとＢＢが近づいていた。二人で取り押さえるつもりらしい。だが、それに気付いた凪が「手出ししないで」と告げる。

「もう少し、この人の話を聞きたい」

マツとＢＢは顔を見合わせて動きを止めた。張りつめた緊張を破るように、うっ、と女性が嗚咽《おえつ》を漏らす。ただしナイフは依然、凪に向けられたままだ。

「どうして……どうしてあなたが、表舞台に立てるの？」

その一言には、肌で感じられるほどの怨念《おんねん》がこめられていた。

「なんで、芸能人みたいなことができるの？　川崎から逃げたと思ったら、ラップだなんて……その前に、償うことがあるんじゃないの？」

凪は女性の言葉を正面から受け止める。いつの間にか、顔は青白くなっていた。凪の反応がないことに痺《しび》れを切らしたのか、女性はナイフを持ったまま「みなさん」とロンたちに呼びかける。

「この人に騙《だま》されないでください。私の夫はサガミ港産《こうさん》の従業員でしたが、七年前に高所から落下して亡くなりました。その第一発見者が、この人なんです。でもおかしいと思いませんか。会社の敷地内なのに、どうして無関係な人が発見者なのか」

突然の暴露にロンは面食らった。見れば、グッド・ネイバーズの面々も怪訝《けげん》そうな顔をしている。ここにいる全員が、初耳ということだろうか。凪は神妙な面持ちで沈黙していた。

「ほら、動揺してる。知らなかったんでしょう？」

女性はナイフを手に、これ見よがしに「この人は殺人犯です」と宣言する。

「警察は労災事故として処理しましたが、私は信じていません。きっと、この人が関《かか》わっているはずなんです。夫を殺したんです！」

徐々にヒートアップしてきた女性は、凪に向き直った。

「あなただけ一人で立ち直るなんて、許せない」

女性がさらに一歩近づく。見かねたマツがロンに目くばせをした。ロンが小さくうなずくと、マツはすぐさま女性に飛びかかった。手首をつかんでひねりあげ、その手からロンがナイフを奪う。

「やめて！　放して！」

暴れる女性の手足を、さらに樹とBBが押さえつける。三人がかりで捕まえられた女性は、あっけなく身動きが取れなくなった。彼女は抵抗をやめて、さめざめと泣き出した。じきに、欽ちゃんが呼んだ警察官が駆け付けた。うなだれた女性が制服の警官たちに連れられていく。先ほどまでの威勢が嘘のようだった。欽ちゃんは警官たちと話しながら、楽屋の外へ出て行く。

「悪いけど、全員この楽屋で待機しといてくれ。捜査に協力してもらうことになるから」

混乱に陥っていた楽屋は、ものの数分で静けさを取り戻した。しかしロンたちが来た時の穏やかさは失われ、室内は緊張感に支配されている。悄然《しょうぜん》とした凪は、誰とも目を合わせようとしない。

「……凪。どういうことだ？」

BBの問いかけに、応じる声はなかった。

「その事故が起こったことは、事実みたい」

車いすに座ったヒナは、真剣な顔つきで切り出した。

ロン、ヒナ、マツの三人は「洋洋飯店」の隅のテーブルで顔を突き合わせている。昼下がり、客が少ない時間帯だ。毎度のことだが、ロンやマツの部屋は階段を使わないと上がれないため、作戦会議の場所は「洋洋飯店」にせざるを得ない。

ライブハウスでの傷害未遂事件が起こってから、一週間が経過していた。

あの日、ロンやマツ、グッド・ネイバーズのクルーたちは別々に警察署で事情聴取を受けた。ロンは楽屋に入ってから事件が起こるまでの経過を確認されただけで、たいして時間を食うこともなかった。女性の素性について職員に尋ねてみたが、「捜査中だ」というそっけない答えが返ってくるだけだった。

警察署の外で合流したマツへの聴取も、同じようなものだった。凪のことは心配だが、その日は帰宅するしかなかった。

翌日、ロンは凪へ幾度も連絡したが、電話もメッセージも応答がなかった。グッド・ネイバーズのSNSアカウントを覗いてみたが、ライブ以後、一度も更新されていない。メジャー移籍というビッグニュースを発表したにもかかわらず、表立った発信は何一つされていなかった。その場に居合わせていた欽ちゃんに事情を尋ねても、「警察に任せておけ」としか返ってこない。

数々のトラブルに巻きこまれてきた経験から、ロンには「いやな感じ」がしていた。同じころ、マツは樹やＢＢに電話をしていた。二人ともすぐには応答しなかったが、夜になってようやくＢＢから折り返し電話がかかってきたという。

——俺らにも、なにがなんだかわからない。

困惑した様子のＢＢからは、ほとんど情報が引き出せなかった。ただ、彼らも凪とは連絡が取れない状況らしく、女性の正体も、なぜ凪が恨みを買っていたのかも、よくわからないという。

通話を終える間際、ＢＢがぽつりとつぶやいていたらしい。

——これから事務所に話すけど、このままだと移籍はできないかもしれない。

——なんでだよ。

——もし、本当に凪が殺人に関わった過去があったとしたらどうする？

そんなわけがない、と否定するマツに、ＢＢは冷静に言った。

——俺もそう思ってる。クルーはみんな一緒だ。でもな、真偽のわからん噂が立った時点でまずいんだよ。メジャーになるってのはそういうことだ。

一部始終をマツから聞いたロンは、「いやな感じ」が的中したことを思い知った。このままではグッド・ネイバーズの活動が危うい。友人としても、ファンとしても、見過ごせなかった。

真っ先に助けを求めたのは、ヒナだ。受験勉強を妨げるのは本意ではないが、どうしてもヒナの力を借りたかった。

調べるべきことは山ほどある。女性の言っていた死亡事故は本当に起こったのか。凪が第一発見者であり、事故に関わっているという疑惑にはどの程度信憑性《しんぴょうせい》があるのか。そして、凪が一切反論しなかったのはなぜなのか。

事情を聞いたヒナは、可能な限り調査することを約束した。ヒナは自宅を出るきっかけを作ったロンや凪に恩義を感じている。それ以前に、凪はヒナにとっても友人だった。

「この一週間、動かせるSNSアカウントを全部使って調べてみた」

ヒナはまったく異なる人格を、SNS上で日常的に演じ分けている。かつて遭遇した事件のトラウマから、いつしか複数の人格に憑依するのが当たり前になっていた。彼女自身が〝SNS多重人格〟だと自称している。

素早く指を動かし、ヒナは自前のノートパソコンとタブレットを操作した。

「メインは二つ。一つ目のペルソナは二十七歳、女性、美容師。音楽好きでヒップホップのシーンにも詳しい。二つ目のペルソナは四十五歳、男性、会社員。大手企業で人事労務を担当している課長級。つまりは音楽と労災、二つの切り口から調査したってことね」

他の二人は黙ってうなずくしかなかった。SNSすらまともにやっていないロンには、口を挟む余地がない。

「それで、なんで事故が事実だって言えるんだ？」

「まずはこれ、読んで」

ヒナが見せたタブレットには、ネットニュースの記事が表示されていた。日付は七年前。

〈×日、神奈川県川崎市にあるサガミ港産株式会社の敷地内で遺体が発見された。遺体の人物は川崎市内に住む同社従業員、田所雅文《たどころまさふみ》さん（38）。警察によると、午後7時ごろ、通行人が工事中の同社敷地内で発見し、通報したという。田所さんは頭部を強く打っており、高所作業中に落下した可能性があるとみて警察が調べている。〉

マツと画面を覗きこんでいたロンが、顔を上げる。

「この事故か」

「キーワードから察するにね。記事は削除されていたけど、アーカイブを見つけた。当時の新聞記事を当たってもいいけど、これ以上のことは書いてないと思う」

楽屋に乱入した女性の夫は、この田所という人物らしい。

「そもそもサガミ港産って、なにやってる会社なんだ？」

腕組みをしたマツが首をひねると、待っていました、とばかりにヒナがノートパソコンの画面を見せた。会社のホームページである。

「メインは倉庫業。社員は四百人くらい」

ヒナはマップアプリを開き、画面を指さした。

「創業からずっと川崎臨海部に拠点を置いてるみたい。運河沿いに倉庫がずらっと並んでる。事故があったのも、この運河沿いのどこかだと思う」

川崎市川崎区の臨海部は京浜工業地帯の中心であり、工場や物流拠点、研究施設などが建ち並んでいる。高度経済成長が終わって以後、事業所数は減少しているものの、現在でも多くの企業が工場や支社を置いている。

「サガミ港産は事故の二年前から、老朽化した物流センターの建て替えをはじめてる。工事が終わったのは開始から四年後だから、事故は建て替え工事中に起こったことになる。ネットニュースの記事で、工事中、って書いてたのはそれのことじゃないかな」

「よくわかったな」

「SNSで情報収集しながら、業界誌から拾ってきた。むしろここまでは楽勝だよ。問題は、凪さんがこの事故に関わっているのかどうかってこと」

田所の妻を名乗る女性いわく、凪が遺体の第一発見者だという。記事中の「通行人」が凪に当たるのだろう。仮にそうだとしても、凪が事故に関与しているとは言い切れない。

「SNS経由でグッド・ネイバーズのファン界隈《かいわい》に話を聞いてみた。どこまで本当かわからない噂話も含めて、いくつか入手できた」

ヒナがタブレットの画面を切り替えると、文書ファイルが表示された。

「まず、凪さんが中学生まで川崎市内に住んでいたのは事実。これは本人がSNSで複数回発言しているから、間違いない。知ってた?」

「いや……」

ロンとマツは顔を見合わせる。凪こと山県あずさは二人にとって高校の同級生ではあるが、当時はほとんど会話すらなかった。ヒナが話を続ける。

「ヒップホップを聴きはじめたのが十三、四歳。それまでもR&Bとか、色々なジャンルの音楽を聴いてはいたけど、出会って以後はヒップホップにのめりこんでいったみたい。中学生でライブハウスやクラブに出入りしてたんだって」

「未成年で?」

「そうみたい」

ヒナは肩をすくめた。

「それでね。あるファンが言うには、凪さんには中学生のころに交際相手がいたんだって」

「確かなのか?」

「裏は取れてない。当時のクラブ仲間から流れてきた話みたい。相手の素性はまったくわからない。名前も、性別も。だから真偽不明なんだけど。ただ、一つだけつながりそうな情報があって……」

ヒナが咳《せき》をした。声がかすれている。

「大丈夫か？」

「気にしないで。こんなにたくさん話すの、久しぶりだから……で、その中学時代に付き合ってた相手なんだけど。当時の交際を匂《にお》わせる音源があるみたい」

「そうなのか？」

　密《ひそ》かにだが、ロンもグッド・ネイバーズのファンを自称している。発表された音源はすべて聴いていているが、そんな楽曲は思いつかない。

「グッド・ネイバーズの結成前、凪さんが十六歳のころに自主制作したものなんだって。だから世の中にはほとんど出回っていないし、大半のファンが存在すら知らない。ずっと前から注目していたコアなファンの一部が、音源を持ってるって噂」

　ロンは納得した。結成前の音源なら、知らないのは当然だ。

「実は、音源自体はまだ手に入ってない。CDを制作したのは間違いないんだけど、現物を持ってる人が見つからなくて。ただ、歌詞の一部を覚えているって人がいた。どこまで合ってるかわからないけど」

　タブレットの画面をスクロールすると、太字で強調された一文が現れた。

〈三井埠頭《みついふとう》行きのバスの窓　工場の灯に浮かぶ明日はどこ　恋人はそこにもういない〉

　ヒナは「ここが重要」と言いながら「三井埠頭」を指さす。

「三井埠頭があるのは川崎臨海部。工場って言葉からも、臨海部に向かっている状況を示していると考えるべきじゃないかな。それに、恋人って単語も出てる。もちろん憶測だからはっきりしたことは言えないし、中学時代の思い出かどうかは定かじゃないけど。でもこの歌詞だけ読むと、川崎臨海部の恋人に会いに行っていた、と読める」

再びヒナが咳《せ》きこむ。ロンが冷たい水をそそぐと、素直に口へ運んだ。

「ありがとう……とりあえず、現時点でわかってることはここまで。事故と凪さんの関係はわからなかったけど、さっきの歌詞が実体験に基づいているなら、凪さんがサガミ港産のある川崎臨海部へ通っていたことは事実っぽい」

「音源のタイトルは？」

「それは複数の人が覚えてた。タイトルは〈凪の海〉」

一瞬、ロンの背筋が冷えた。

彼女がいつから凪という名前を使うようになったのかは知らない。ただ、その言葉がそのままタイトルに入った楽曲が、凪にとって重要でないはずがない。

ヒナの報告を聞き届けたマツは、「すげえなあ」と感心していた。

「いや、わかってはいたけどさ。ヒナってマジで頭いいんだな」

「頭がいいとか悪いとかじゃないよ。できることをやっただけ」

当のヒナはあくまで冷静だった。マツは「誰かより探偵向いてるんじゃないか」と言いながら、横目でロンを見る。

「俺、そもそも探偵じゃないけど」

「〈山下町の名探偵〉なのに?」

マツの冷やかしをスルーしながら、ロンはタブレットの文書に再度目を通す。やはり、〈凪の海〉の歌詞が鍵《かぎ》を握っているように思えた。すべての歌詞を知るには、音源を手に入れるしかない。

「俺が言うのもなんだけど、受験勉強しなくていいのか?」

マツが問うと、ヒナは「それどころじゃないよ」と応じる。

「私は来年入学しないといけないってわけじゃない。でも凪さんは違う。メジャーデビューがかかってるんだよね?」

ロンは無言でうなずく。

正直に言うと、ヒナを巻きこむことに躊躇はあった。だが、黙っているほうがヒナを傷つけることになる。そう判断して協力を仰ぐことにしたのだ。ヒナは切れ長の目を見開いていた。

「凪さんは、私を外に連れ出してくれた恩人だよ。ここで動かなかったら、きっと一生後悔する。言っとくけど、凪さんだけじゃないからね。マツがトラブルに遭《あ》ったら、その時は私が助けるから」

「ありがたいね」

「本気だからね。借りは絶対返すから」

「借り、とか思うなって」

ヒナとマツの会話を聞き流しながら、ロンは〈凪の海〉を入手する方法を考えていた。高校の同級生たちが持っているとは思えない。凪が音楽活動をしていたことは知っていても、わざわざ自主制作の音源を買っている見込みは薄い。樹やBB、サカキなら持っているかもしれないが、結成前の音源だ。あまり期待はできない。

——もっと古い付き合いの人がいれば。

ふと、タブレットに表示された画像に目が留まった。

「これは？」

ヒナが一目見て「ああ」と言う。

「〈凪の海〉のCDジャケット。ネットオークションで出品されてた時の画像が落ちてたから、保存しておいた。取り引き自体はとっくに終わってるけどね」

凪が有名になったせいか、〈凪の海〉は一万円で売買されていた。この買い手を探しだして、接触するという方法もあるが——

——あれ？

ジャケットには、グラフィティアートを撮影した写真が採用されていた。その作品のタッチになんとなく見覚えがある。そういえば凪は以前、ある人物に「CDジャケットのデザインを担当してもらった」と言っていた。もしかしたら、このデザインを手がけたのもあの人物かもしれない。

「……ダメ元で聞いてみるか」

つぶやきを聞いたマツが「誰に？」と問う。ロンはマツとヒナを順に見て、片頬《かたほお》でにやりと笑った。


黄金町《こがねちょう》にある二階建ての長屋は、二年前と同じたたずまいだった。

一階部分はガラス張りになっていて、外から室内が見える。白い壁に囲まれた部屋に、ニットキャップの痩《や》せた男性がいた。デスクに向かって手を動かしている。ロンはドアを開けて、「失礼します」と声をかけた。男性がぱっと振り向く。

「おお、小柳くん」

「お久しぶりです、ＺＥＮさん」

アーティストのＺＥＮと知り合ったのは、二年前、中華街で起こったある事件がきっかけだった。街にステッカーを貼る犯人を捕まえるため、ストリートアートの専門家として凪から紹介してもらったのだ。

ＺＥＮは今も黄金町の長屋をアトリエとして活動を続けていた。

「噂は聞いてるよ。あいかわらず、アートな生き方してるみたいだね」

意味はよくわからないが、褒められているようだ。ロンは礼を言って、パイプ椅子《いす》に腰かけた。ZENにはあらかじめ用件を伝えている。

「それで、電話で話した件なんですけど」

「うん。〈凪の海〉のアートワークを担当したのはぼくだよ。現物も持ってきた。しばらく小柳くんに貸しておく」

ZENはデスクの上に置いていたCDケースを手渡した。受け取ったロンは、丁寧にバッグへしまう。この音源が凪の過去に迫る鍵となるのだ。

「ありがとうございます。めちゃくちゃ助かります」

「聞いたよ。凪ちゃん、ライブハウスで襲われかけたんだってね。昔の音源を調べているのも、その関係で？」

「……知ってましたか」

「長い付き合いだからね。共通の知り合いも多いんだ」

飄々とした顔つきのまま、ZENは足を組む。

「いつ知り合ったんですか？」

「ぼくが黄金町に来てすぐだから、六年前かな。向こうはまだ高校一年生だったね」

それからZENは、凪と知り合った経緯を語り出した。

「ある日、SNS経由で連絡が来てね。自主制作のCDジャケットに、ぼくの作品を使わせてほしいっていう話だった。当時はぼくもまったく売れてなかったから、そう言ってもらえるのが嬉しくてね。どうせなら、無償でいいからデザインもさせてくれ、って申し出たんだよ。今となっては凪ちゃんもすっかり有名人だね。ぼくはたいして売れてないけど。あはは」

どう応じていいかわからず、ロンは苦笑する。

「〈凪の海〉を出した次の年に、グッド・ネイバーズが結成された。結成後も彼女たちは時々ぼくの作品を使ってくれてね。実は、メジャーデビューのシングルにも使ってもらう予定なんだ」

事件の影響でメジャーデビューが危ぶまれていると知ったら、ZENはどう思うだろうか。ひとまず、ロンは黙っておくことにした。

「中学時代の凪について、なにか知りませんか?」

「中学? 凪ちゃん、前は川崎に住んでたよね。それくらいしか知らないな」

「恋人がいたとかって話は?」

ロンは、〈凪の海〉が恋人との思い出を綴《つづ》った曲ではないかという推測を話した。ZENは「そうだったかもしれない」と腕を組む。

「歌詞カードついてるから、ここで読んでみなよ」

促されるまま、ロンはCDケースから歌詞カードを抜き取った。

〈凪の海〉の冒頭は、ヒナから聞いた通りの歌詞だった。その後は具体的な名詞が登場せず、恋人との断片的な記憶や、恋愛感情が語られていく。グッド・ネイバーズとして発表している音源には恋愛をテーマにしたものはないため、ファンとしては意外な思いだった。

曲の終盤に次のようなくだりがある。

〈最初から叶《かな》わない恋だった　闇《やみ》のなか落ちる星を見た　最後から二番目の恋だった〉

歌詞に目を通したロンは、ＺＥＮにもカードを手渡した。一読したＺＥＮは「そうだねえ」と顎《あご》をなでた。

「小柳くんの言う通り、普通に考えれば破局した恋人についての曲だね」

「最初から叶わない恋だった、ってどういうことですかね」

「うーん……それはぼくにもわからないけど」

ＺＥＮは慎重な口ぶりで続ける。

「もしかすると、女性同士で交際することを指しているのかもしれない。ただしぼくの憶測だよ、もちろん」

ロンも同じことを考えていた。

現在、凪は恋愛対象が女性であることをオープンにしている。ヒナと初めて対面した時も好意を隠そうとしなかったし、グッド・ネイバーズのファンなら知っていることだ。だが、いつから公表しているのかは知らない。凪のパーソナリティを知ったのは、ここ二年ほどのことである。いずれにせよ、まだ憶測の域を出ない。

ロンにはもう一つ気になる歌詞があった。

〈闇のなか落ちる星を見た〉

この節が、高所から落下する田所雅文を目撃したことの暗示である、と捉えるのは考え過ぎだろうか。

その後もＺＥＮに当時のことを聞いてみたが、ヒントになりそうな情報は得られなかった。六年前のことで記憶が曖昧《あいまい》だし、そもそも凪はプライベートな事情をあまり話していないようだった。

去り際、ＺＥＮは両手を合わせた。

「ごめんね、力になれなくて」

「とんでもないです。貸してもらえて助かりました」

ロンはＣＤを掲げてみせた。ＺＥＮに見送られながら、長屋を後にする。黄金町から中華街への道のりを歩きながら、ロンは〈凪の海〉の最後の一節を思い出していた。

〈私たちの海は凪いでいた〉


石川町駅から川崎駅までは、京浜東北線で二十分ほどである。

ロンは川崎駅前から、三井埠頭行きの臨港バスに乗った。座席に腰を落ち着け、スマホに入れておいた〈凪の海〉を再生する。イヤフォンに十六歳の凪の歌声が流れ出す。

〈三井埠頭行きのバスの窓　工場の灯に浮かぶ明日はどこ　恋人はそこにもういない〉

聴くたび、切なさが増している気がした。

この音源をＺＥＮから入手した直後、ヒナやマツとデータを共有した。グッド・ネイバーズのクルーには、マツから連絡してもらっている。当の凪とはいまだに連絡が取れず、電話やメッセージへの応答もない。

すでに、例の事件から二週間が経とうとしていた。欽ちゃんも今回は口が堅く、捜査状況を教えてくれない。これまでが緩すぎたのかもしれないが。

とにかく、自分たちで動く他に手がなかった。

ロンは「サガミ港産前」という停留所でバスを降りた。警備員のいる入場ゲートでアポを取っている旨を伝えると、正面のビルへ向かうよう指示された。首から来客用のＩＤをかけて、一階のロビーでしばし待機する。

「お待たせしました。ご連絡いただいた小柳さんですね？」

現れたのは、眼鏡をかけた作業着姿の男性だった。ロンより二回りほど年上だが、腰が低い。ロビーの片隅にある打ち合わせブースに案内された。

「ご足労いただき恐れ入ります。人事部労務課、課長の山田《やまだ》といいます」

山田と名乗った男性が名刺を差し出す。一介のフリーターであるロンに、名刺の準備などなかった。追い返されることも覚悟していたロンは、丁重な対応にかえって恐縮していた。

「なんか、すみません。いきなり失礼な連絡しちゃって」

「いいえ。あの落下事故は、弊社では絶対に風化させてはいけない事案として認識していま
す。どのような理由であれ、社外の方からの取材や問い合わせはすべて受けるように、と
いう全社的な指示がなされております」

山田の堅苦しい物言いを聞きながら、ロンはにわかに緊張していた。

——ちゃんとした社会人だ……

ロンがふだん接するのは、定職についていない幼馴染みたちや、中華街の個人事業主た
ちである。会社員という人種と会話することにはあまり慣れていない。

「説明させていただく前に、小柳さんの事情をうかがってもよろしいですか？」

「あ、はあ」

役所にでも来たような気分になりながら、ロンは経緯を簡単に話した。友人が、七年前
に起きた死亡事故の第一発見者だという噂が流れている。最近本人と連絡が取れなくなり、
心配をしているため事故の詳細を教えてほしい。そう話すと、山田はうなずきながら手帳
にメモを取った。傷害未遂事件のことは伏せておいた。

「さしつかえなければ、ご友人のお名前をうかがっても？」

「山県あずさ、です」

凪の本名を呼んだのはずいぶん久しぶりだった。山田は手帳を見返しながら、「あのですね」と切り出した。

「率直に言いますと、ご本人が話しておられないのに、弊社が勝手にお伝えすることは気が引けます。とはいえ、わざわざお越しいただきましたし、公表している情報なら問題ないと思いますので、可能な範囲でお話しをさせていただきます」

「はあ」

持って回ったような言い方に戸惑いを覚えたが、話してくれるならロンとしてはなんの問題もない。山田は「資料です」とクリアファイルに入った書類を渡してくれた。右上に赤字で「社外説明用」と印字されている。

「事故が発生したのは七年前の十月。場所は弊社の敷地内で、当時建設中だった物流センター第一倉庫です」

山田は自分用の資料を参照しながら説明する。

「亡くなったのは、施設管理部に所属する田所雅文係長です。田所係長は当時、物流センター建設のために業者と連携し、進捗《しんちょく》を管理する立場にありました。ご自身も日常的に、現場へ立ち入っていました」

遺体が発見された状況も、資料には記載されている。田所は第一倉庫のコンクリート床面でうつ伏せに倒れており、おびただしい血が流れていたという。

「発見されたのは午後八時ごろ。すぐに通報されましたが、救急隊員が到着した時にはすでに亡くなっていました。遺体の位置関係や頭部を強打した痕跡《こんせき》から、建設中の倉庫から落下したものと思われます。その後、落下防止ネットが破れていることもわかりました。田所係長はネットの破れた箇所から落下してしまったと推測されます」

「ネットが不良品だったってことですか？」

「不良品というか、補修しないまま使っていたんです」

山田は苦々しい顔をした。

「ただ、言い訳のようですが、田所係長本人に危険な行動があったのも事実です。当日、工事は午後五時半で終了していました。にもかかわらず、一人で現場に立ち入り、高所に上っていたのです。落下の目撃者がいないのは、現場に彼しかいなかったためです」

「なぜですか？」

「わかりません。しかし、イレギュラーな行動である、とは言えます。単身で現場に入ること自体、危険ですから。忘れ物でも取りに行ったのかもしれませんが、真相は不明です」

田所の妻が不審を抱くとすれば、その辺りに原因がありそうだ。資料には、「川崎市内に住む中学生」が発見者だと記されていた。

「質問していいですか」

「どうぞ」

「発見者の中学生は、どうやって会社の敷地に入ったんですか？」

苦い顔のまま、山田は語る。

「小柳さんは今日、入場ゲートを通ってここに来られましたよね？」

「警備員のいる場所ですよね」

「そうです。取り引きのある業者以外、原則アポイントメントがないと弊社の敷地内に立ち入ることはできません。しかし当時、工事現場のフェンスに一部開放されている箇所があり、そこから第一倉庫へ自由に出入りできるようになっていました。これも、意図したことでなく弊社のミスです」

資料には、事故現場の位置関係を示すイラストが印刷されていた。たしかに、路上と第一倉庫を隔てるフェンスが撤去されている。資料では「作業員の利便性向上のため」と説明されていたが、これでは誰でも敷地に出入りできてしまう。

「事故がなかったら、ミスも見つからなかったかもしれませんね」

ロンがつぶやくと、山田は「おっしゃる通りです」と同調した。

「私は当時も労務課におりまして、社内調査の担当だったんですが……現場を精査すると、実に多くの不適切行動が見つかりました。このままでは第二の死亡事故が起きかねないということで、社長から徹底的な安全管理を厳命されました。その甲斐《かい》あって、以後は目立った事故もありませんが」

ロンは実直そうな山田の顔と、文字で埋め尽くされた資料を見比べる。

サガミ港産という会社そのものに、怪しいところはなかった。ロンは会社の論理を知らないが、事故後の対応はそれなりに誠実そうに思える。資料には勤務時間の記録もあったが、過剰な残業をしていた跡もない。過労が原因とも考えられなかった。

「ちなみに……自殺って可能性はないんですか？」

「なんとも言えませんが、警察は事故と結論しています。破れたネットや、遺体の状態などもふくめてそう判断されたのでしょう。遺書もなかったそうですし、ご家庭での様子にも特段変わったところはなかったそうです」

少しずつ、資料にはない情報が山田の説明に混ざりはじめていた。話しながら、口が軽くなってきたのかもしれない。ロンは思いきって、知りたいことを直接尋ねてみることにした。

「その……発見者というのは、山県あずさで間違いないですか」

「実は、私は会っていないんです。ですから、名前も覚えておりません。ただ、女子中学生が発見者だった、というのは間違いないです」

「辺りには事業所しかないですよね。なぜ、中学生がいたんでしょう？」

この周辺にあるのは工場や発電所ばかりだ。中学生が、一人で足を運ぶような場所ではない。山田は難題を突き付けられたような顔で唸《うな》っていた。

「……それは、私たちも気になった点です。従業員や出入り業者ではなく、子どもが発見したということ自体が驚きでした。ですから、警察の方に教えてもらいました。その子はなぜこんな場所にいたのか」

「どうでした？」

「海を見たかった、と話していたそうです」

海。とっさに〈凪の海〉のタイトルが浮かぶ。

「見えるんですか、海が」

「臨海部とは言いますが、この辺でいわゆる浜辺を見ることはできません。見られるのは、埋立地の間を流れる運河くらいです。海につながってはいますから、それも海の一部には違いないんですがね」

「その説明で、みなさん納得したんですか？」

「納得したというより、追及する意味がなかったのです。その中学生は単なる発見者ですから、なぜそこにいたのかはさほど重要ではありません。それに、思春期の子どもの行動すべてに合理性を求めるほうが、ムリがあります。私にも娘がおりますが、なにを考えているのかまったくわかりませんし」

山田はゆっくりと首を振る。

要は、凪が臨海部にいた理由として「海を見たかった」以外の証言は引き出せなかったということか。ロンはさらにもう一段、深くまで踏みこんでみる。

「田所さんの奥さんは、納得されているんですか」

「いや、それは……弊社の従業員ではありませんので。答えかねます」

あきらかに山田の口が重くなった。事件のことを切り出そうかと思ったが、やめておいた。そんなことをしても山田の反応は変わりそうにない。それどころか、刑事事件と関係していると知られれば余計に話さなくなるかもしれない。

――潮時かな。

事故の詳しい話を聞けただけでも、収穫としては十分だ。ロンは区切りのいいところであっさり身を引いた。変に粘らないほうがいい、と直感が告げている。

「今後もまた話を聞くかもしれませんけど」

「話せる範囲であれば、いつでも協力させていただきます」

最後まで山田は堅い口調だった。入場ゲートでＩＤを返却し、停留所に滑りこんだバスに乗ると、どっと疲れを覚えた。会社員と話すのはしんどい。

――やっぱり、俺は会社勤めに向いてない。

川崎駅へ向かうバスに揺られながら、ロンは改めて思った。

十一月に入っても、解決の兆しは見えなかった。

ロンは自室で大の字になって、イヤフォンで〈凪の海〉を聴いていた。すでに軽く百回は聴いているが、聴くほどに失恋の寂しさが胸に迫る。歌は今よりずっと粗いが、その分、歌声の奥にある衝動を感じる。

いい曲だな、と素直に思う。

本当なら、今日は生で凪の歌声が聴けるはずだった。横浜市内でグッド・ネイバーズのライブが予定されていたのだ。だが、直前になって中止が発表された。公表されていないが、理由が凪にあることはあきらかだった。

凪はあいかわらず音信不通だ。クルーとは少しだけ連絡を取っているらしいが、樹やBにも詳しいことはわからないという。欽ちゃんは沈黙を貫いているが、なぜ沈黙するのかはわかった。

——山県さん本人から、この件についてはお前らに話すな、と頼まれている。

先日、加賀町《かがちょう》警察署の前で落ち合った時にロンはそう告げられた。

——なんでだよ。俺ら、凪が心配で……

——ロンが心配していても、当人にとっては勝手に暴かれたくない過去なのかもしれないだろ。

ぐうの音も出なかった。たとえ善意でも、ロンたちのしていることが凪を傷つけている可能性もある。それでも、じっと待っていることはできなかった。

——捜査状況だけでも教えてくれない？

——ダメだ。なにも話さないと約束したからな。今回、俺は一切嚙まない。山県さんの口から説明してもらうのを待つしかないと思うぞ。

——ヒナが頼んでもダメ？

——……ダメだ。

少しだけ間があったが、答えは同じだった。欽ちゃんは頼れそうにない。

おもむろにロンは起き上がり、ノートパソコンの文書ファイルを起動する。ヒナの真似をして、報告書形式で問題点を洗い出してみる。そもそも自分たちがなにを解決したいのか、それすらわからなくなっていた。

・田所さんはどうして夜に工事現場へ行ったのか？
・凪は田所さんの死に関与しているのか？
・凪はなぜ、みんなに説明してくれないのか？

ロンの疑問は、大きく分けてこの三点だった。

特に三つ目の謎《なぞ》が重要だ。後ろめたいことがないなら、さっさと話せばいい。単に遺体の発見者になっただけで、田所さんの妻は誤解している。そう言えないのは、凪に隠したいことがあるからだろう。

果たしてそれは、グッド・ネイバーズのメジャーデビューを捨ててでも、隠すべきことなのだろうか？

部屋の時計は五時過ぎを示している。そろそろ、食事の支度をしなければならない。良三郎と二人で暮らしはじめてから、ロンが家にいる日は夕食を準備するのがルールだった。料理は嫌いじゃない。幼いころは、料理人だった父がまかないを作る姿をよく見ていた。父と母がいなくなってからは、見よう見まねで食事を作ってきた。たいそうなメニューではないが、炒《いた》め物、揚げ物、スープに煮物、一通りは作ることができる。

――冷蔵庫になにあったかな。

イヤフォンを外した直後、スマホに着信があった。ヒナからの電話である。

「はいよ」

「ロンちゃん、ちょっとまずいことになってる」

ヒナの口ぶりは切羽詰まっていた。

「SNS……は、見てるわけないよね」

「見てないな」

「凪さんのことでデマが流れはじめてる。すぐにウェブ会議、つなげる?」

夕食の準備はやめて、ノートパソコンを起動する。メールで送られたURLにアクセスすると、すでにヒナが待機していた。

「デマってどういうことだ?」

「今、見せる」

ヒナは自分のディスプレイで再生している動画を、ロンに共有した。一分にも満たないショート動画である。黒ずくめの服装に黒いマスクをした女性が、こちらに向かって話しかけてくる。

「ラッパーの闇!」

女性はいきなりそう告げると、早口でまくしたてた。発言にはいちいち字幕が付いている。

「活躍中のフィメールラッパーが、過去に殺人に関わってたんです。横浜を拠点に活動しているグッド・ネイバーズの凪。実は彼女、川崎市内で起こった殺人事件に関与していたんですって」

グッド・ネイバーズのロゴと、凪の顔写真が映し出される。

「少年院に入った後は更生したみたいですけど、先日、ライブ後にナイフを持った遺族から復讐《ふくしゅう》されてしまったそうです。そのトラブルのせいで今月のライブも中止になっちゃったとか。一度犯してしまった罪は、簡単には消えないみたいです」

唐突に動画は終了した。画面が切り替わり、こわばったヒナの顔へと変わる。

「……なんだ、これ」

「SNSで流れてきたショート動画。このアカウントは、真偽不明でも食いつきのよさそうな話題を選んで発信しているみたい。アテンション稼ぎのために倫理観を捨てた、ゴミみたいな動画だよ」

いつにも増してヒナは辛辣《しんらつ》だった。彼女自身、SNS上のデマに悩まされてきたせいかもしれない。

「少年院とか言ってるけど、内容がめちゃくちゃだな」

「たぶん、凪さんが傷害未遂に遭ったことはとっくに知られている。そこに来て、急にライブが中止になったでしょ。不満に思った一部のファンが、変な憶測をしたのがきっかけみたい」

ロンもそのライブチケットは購入していたが、たしかに中止の告知は急だった。開催三日前に急遽《きゆうきよ》連絡があり、全額返金に応じる旨は記されていたものの、中止理由らしきことはなにも記載されていなかった。

「それにしたってなあ……」

「まだ一般の話題になるほどバズってはいないけど、音楽好きの間ではかなり出回ってる。

いろんなSNSに拡散されてるし、切り抜かれて動画サイトにもアップされてる。メジャーレーベルの事務所も見てると思う」

「でも、事実無根だろ。こんなのみんな信じるのか？」

「ロンちゃん」

ディスプレイに映るヒナは、真剣に正面を見据えている。

「そう言えるのは、私たちが凪さんのことを知っているからでしょ。なにも知らない他人には、真偽を判断する方法なんてない。個人の憶測を鵜呑《うの》みにする人なんて、たくさんいる。だからデマは怖いんだよ。信じるに値しない、ってバカにするのは得策じゃないと思う」

ロンの心臓が、鷲《わし》づかみされたようにぎゅっと縮む。ヒナの言葉には重みがあった。彼女が下半身不随になったのは過去に自殺を試みたせいであり、原因を作ったのはSNSのデマだ。その脅威を軽んじるような態度は見過ごせないのだろう。

ロンはノートパソコンの前で頭を下げた。

「ごめん。甘く見てた」

「謝らなくてもいいよ。けど、事実無根だろうがなんだろうが、こういう噂が出た時点で危険ってことだけ覚えてて」

「どうすれば否定できる？」

「うーん……このデマが厄介なのは、断片的には事実が含まれてるところだよね。川崎に住んだことはあるし、背景は違っても事件自体はあったわけだし。本人かその代理人から、公式に否定するしかないと思う」

それは、ロンやヒナにはどうしようもない、と言っているに等しかった。

ヒナが言うには、少なく見積もっても、この動画を目にしている人数は数十万人に上るという。

「悠長なこと言ってられないな」

ロンは頭を掻《か》く。SNSに詳しいヒナも、しかめっ面で頬杖《ほおづえ》をついていた。その顔には、打つ手なし、と書いてある。

再びスマホが震えた。マツからの電話である。ヒナに断って着信を取った。

「ロンか?」

「おう。ちょうどヒナと話してる。SNSで凪のデマが流れてるんだよ」

「知ってる。その件でさっき樹から連絡があった。凪から事実を説明するから、明日の夜、集まってほしいって」

ヒナにも聞かせるべきだと判断し、スピーカーをオンにした。指定されたのは相生町《あいおいちょう》のバーだった。

「それはいいけど、急にどうした?」

ロンは突然事態が動いたことに面食らっていた。

「移籍先の事務所から、メジャーデビューは再検討させてほしいと申し出があったらしい。なんとかつなぎとめるため、ＢＢが必死に交渉してる。凪にもそれを伝えたら、みんなに申し訳ないから全部話すことにした、ってさ」

ヒナに目くばせをする。例のショート動画のせいだろうか。

「わかった。明日の夜な」

「一つだけ、いいか」

通話を切る間際、マツが深刻な声音で言った。

「俺はロンやヒナみたいに、頭が切れるわけじゃない。物覚えも悪い。でもな、変な勘だけはあるんだよ。凪はたぶん、一人でなにか決断したんだと思う。それを明日の夜、俺たちに宣言するつもりなんじゃないか」

「……かもな」

考えたところでわかるはずがなかった。凪の言葉を待つしかないのだ。ただ、もしもマツが言うような宣言をするつもりなら、できる限り前向きなものであってほしい、とロンは願った。

午後七時。中区相生町のバーの一角に、五人の男たちが集まっていた。

手前の席にロンが座り、その隣にマツがいる。ヒナとは、ロンのスマホで電話をつなぎっぱなしにしていた。マツの横ではＢＢが腕組みをしている。ロンの向かいにはサカキが、その横には樹が座り、最も奥まった席だけが空いていた。

店内の照明は絞られ、ジャズがかすかに流れている。バックバーには洋酒がずらりと並んでいた。いわゆるオーセンティックバーである。まだ夜が浅いせいか、客はまばらだった。ロンの前にはジンジャーエールのグラスが置かれている。他の面々も、ソフトドリンクを頼んでいた。

「この店は凪の行きつけらしい」

樹がぼそりと言った。マツが「来たことあるのか？」と問うと、「いや」と答えた。

「昨日、電話した時に言ってたんだよ。ここならよく通っているから、少しは落ち着いて話せる、って」

凪の隠れ家で、男たちは黙って顔を突き合わせた。

ロンたちが調べた結果は、〈凪の海〉の音源もふくめて、グッド・ネイバーズのクルーである三人には共有していた。樹もＢＢもサカキも、凪を信じているという点はロンと同じだ。ただ、みんなが一様に緊張しているのも事実だった。

――いったい、なにを話すつもりなのか。

もしも、凪が聞くに堪えないような悪行を告白したら。それでも今後、彼女を信じ続けることができるだろうか?

やがて出入口の扉が開いた。現れたのは、やつれた顔つきの凪だった。オレンジ色のスウェットに、青いジャージのズボンを履いている。店の奥へ歩を進める凪は、途中で立ち止まってマスターに声をかけた。

「ダイキリで」

空いていた奥の席に、凪が腰かける。

「ごめん、急に呼んで」

着席するなり電子タバコを取り出した。誰も口を開かない。ゆったりと煙を吐く彼女の前に、マスターがダイキリのグラスを置く。痺《しび》れを切らしたように、BBが「おい」と声をかける。首筋の獅子の刺青にも負けない迫力だった。

「酒飲むために、俺らを呼んだのか?」

「ちょっと待ってよ。悪いけど、私のペースでやらせて」

凪には遠慮する気配がなかった。しばらくの間、電子タバコを吸い、時おりダイキリを口に運んだ。男たちはそれを辛抱強く待った。

グラスが空になったころ、思い出したように、凪は「どうせ」と言った。

「ロンのことだから、私の過去は調査済みなんでしょ?」

「まあな」

凪が細い煙を吐く。

「だったら事故のことも知ってるよね」

「サガミ港産から聞いた。あと、ZENさんに〈凪の海〉も借りた」

「そっか……そういえば前に紹介したね。ここにいるみんなも知ってるんだ？」

凪が見回すと、マツやBBがうなずいた。

「だったら話は早いね。もうわかってると思うけど、七年前、私は落下事故で亡くなった田所さんの遺体を発見した。楽屋に入ってきたのは、その田所さんの奥さん。あれから奥さんとは示談して、不起訴になったけど」

初耳だった。凪は仲間にも相談せず示談を進めたらしい。

「どうして、すぐにそれを教えてくれなかったんだ？」

サカキがあくまで穏やかな声音で尋ねる。

「相談してくれれば、力になれることがあるかもしれない。一人で抱えるな」

「わかってる」

タバコをくわえる凪の目に涙が浮かんだ。我慢しきれなくなったのか、うつむいて目元を拭《ぬぐ》う。

「みんなには本当に申し訳ないと思ってる。移籍もなくなるかもしれない。ライブでメジャーデビューするってぶち上げたのに、クルーに恥かかせて……」

「そういうことじゃねえだろ！」

口数の少なかった樹が怒声を上げた。他の客が怯《おび》えた顔で振り向く。身長一九〇センチの男が大声を出せば、怯えるのも無理はない。マスターが他の客をフォローしている様子を、ロンは視界の端で見ていた。

タトゥーの入った右手で頭を掻きながら、樹が言う。

「みんなグッド・ネイバーズの心配じゃなくて、お前個人を心配してるんだよ。俺らもそうだし、こいつらもそう」

樹がロンとマツを指さす。

「そりゃ、メジャーデビューはしたいよ。全員で話し合って、移籍しようって結論出したんだから。でもそれは二の次なんだよ。それよりも凪だよ。楽屋にナイフ持ったやつが飛びこんでくるとか、普通じゃないだろ。普通じゃない状況にいるなら、なんとかしてお前が普通になれるようにしたいんだよ、俺たちは」

凪は答えない。うつむき、涙をこらえるように下唇を噛んでいる。

「……責任持てよ、って言ったの覚えてるか？」

後を引き取ったのはBBだった。

「パフォーマンス頑張れよって意味だけじゃない。俺らは凪の才能と真剣さに賭《か》けたんだ。凪は絶対、世に出なきゃいけない。お前のためなら、俺は取引先に土下座したっていい。

金が必要なら寝ずに働いて用意してやる。その代わり、お前は絶対に俺らを信じろ。それが責任の取り方だ」

ロンはマツから、グッド・ネイバーズ結成に至る経緯を聞いていた。

樹はソロ活動しかしない主義だったが、凪の誘いにだけは応じた。BBは他のラッパーとのユニットを解散して、凪と組むことを選んだ。サカキは大企業の管理職だったが、活動に時間を割くために転職した。

三人ともが、凪というラッパーに惚《ほ》れていた。

「なあ。なにがあったんだ？」

ロンが問いかけると、凪は顔を上げた。充血したその両目には決意が滲《にじ》んでいた。バーに入ってきた時とは違う、覚悟があった。

「……私には好きな人がいた」

凪が語りはじめた途端、不思議と店内が静かになった。マスターが音楽のボリュームを下げたのがわかった。

「初めての、恋人だった」

電子タバコの煙は、とっくに消えていた。

＊

山県あずさが彼女と出会ったのは、中学二年の冬だった。

物心ついたころから音楽好きだったあずさが、クラブに通いはじめたのは十四歳。昼や夕方にはじまるデイイベントの存在を知って、川崎や横浜、都内のクラブに足を運ぶようになった。

両親はうるさいことを言わず、小遣いの範囲でクラブに行くことを許してくれた。午後十時や十一時に帰宅しても、軽い小言を言われる程度だった。学校の成績はお世辞にも褒められたものではなかったが、それでも叱《しか》られることはなかった。

自由にさせてくれることに感謝する一方、自分は妹ほど期待されていないのだと感じることも少なくなかった。

三歳下の妹、かすみは優等生だった。小学五年生のかすみは学習塾に通い、中学受験を目指している。塾での成績は優秀で、名門私立も夢じゃないようだった。

表面上、両親は姉妹に対して平等に接しているように見える。だが、ちょっとした言動や視線の動きから、かすみの将来に期待しているのがあずさにはわかった。長女の放任は、次女への期待の裏返しだった。

姉妹仲は悪くなかったが、特別よくもなかった。ただ、なんとなくかすみを疎ましく思う時はあった。妹のほうも同じらしく、盛り場で遊ぶ姉に苛立ちをぶつけることもあった。かすみの成績がよくなるほど、あずさは家庭での居場所をなくした。

次第に、クラブだけでなくライブハウスにも出入りするようになった。年齢制限のないライブハウスを見つけては、小遣いが続く限り入り浸った。ロックバンドだろうが、地下アイドルだろうが、面白そうなイベントがあれば足を運んだ。

春休みを目前にした二月。あるラッパーの主催するイベントに、彼女はいた。会場は川崎市内のライブハウスだった。

あずさはいつも通り、ワンドリンクのコーラを飲みながら、フロアで音楽に身体を浸していた。客層は硬派で、声をかけてくる男もいなかった。あずさは機嫌よくヒップホップに耳を傾けていた。

コーラを飲みほし、女性用トイレに足を運ぶと、一つしかない個室が埋まっていた。ドアの前で先客が待っている。長い黒髪に、グレーのセットアップを着た女性だった。背が高く、スタイルがいい。大人びて見えるけれど、よく見れば顔はあどけなかった。あずさと同年代かもしれない。

——綺麗《きれい》な人だな。

素直にそう思った。

自分の恋愛対象が女性であることは自覚していた。けれど、そのことはまだ誰にも言っていない。友達にも、家族にも。言ったところで自分が女性と付き合えるわけじゃないし、他人の憐《あわ》れみと好奇心で消費されるだけだ。だから綺麗な女性を見ても、自分はこういう人と関係を持つことはできず、一生孤独なまま死んでいくんだろうな、としか思えなかった。

あずさは後ろで大人しく待っていたが、じきに彼女が盛大なため息を吐《つ》いた。

「もう、十五分くらい待ってるんだよ」

「そうなんですか」

「ノックしたけど反応もないし」

やたらとイラついていた彼女は、激しくドアを叩いた。

「大丈夫？　大丈夫だったら、なんか返事して」

やっぱり応答はない。不気味な静寂を破ったのは、いびきの音だった。いびきは個室のなかから聞こえてくる。酔いつぶれた女性客が、寝落ちしてしまったのかもしれない。

「……寝てんのか」

彼女はつぶやくや否や、猛然とドアを蹴《け》った。どん、どん、と強烈な音が響く。鬱憤《うっぷん》を晴らすように拳《こぶし》で殴り、肘《ひじ》まで入れていた。

「起きろ！　てめえの家じゃねえぞ！」

もっともな言い分だ。ドアが破られそうな勢いに目を覚ましたのか、じき、個室から派手な格好の女性が現れた。気まずそうな顔でそそくさとトイレを出て行く。入れ替わりに長身の彼女が個室へ入るのかと思いきや、あずさのほうを振り向いた。

「先、いいよ」

「え、でも」

「アドレナリン出たせいか、トイレ行きたくなくなっちゃった」

彼女はなんでもないことのように言う。あずさは「どうも」と言いながら、個室に駆けこんだ。実のところ、順番を譲ってもらえてラッキーだった。

ドアを閉める間際、彼女があずさの胸元を見て言った。

「そのスウェット、センスいいね」

着ていたのは、古着屋で買ったスウェットだった。ライトグリーンの発色がよくて気に入っていたけれど、友達からは「目立ちすぎ」と言われていた。この服を褒められたのは初めてだった。

「本当ですか」

彼女はにっと笑って、トイレから出て行った。

用を済ませたあずさは、二杯目のコーラを買って彼女を探した。お気に入りの服を褒めてくれた美人ともう少し話したい。女性客が少ないおかげで、彼女はすぐに見つかった。

フロアには入らず、防音扉の手前の壁によりかかってスマホをいじっている。

「なかで聴かないんですか？」

声をかけたあずさに、彼女はあたかも昔からの知り合いのように「うん」と応じる。

「今ステージにいる人たちのこと、嫌いだから」

「嫌い、ってそんなに？」

彼女につられて、あずさも敬語をやめていた。

「女のこと見下してるから。たまにいるじゃん。女のこと、セックスの対象としか見てないやつって。そういうラッパー、マジで嫌いなんだよね」

——そんな聴き方もあるんだ。

あずさには新鮮な意見だった。音楽のよしあしはあっても、女を見下してるかどうかという観点で音楽を聴いたことがなかった。でもたしかに、そんなアーティストの作品は聴きたくない。

「私も聴くの、やめよ」

ストローでコーラを吸いながら、あずさも壁に身体を預ける。しばらく互いに黙っていたが、ふいに彼女が口を開いた。

「そんなにコーラ飲むと、またトイレ行きたくなるよ」

「また行けばいいじゃん」

ふっ、と彼女が笑った。

「どうせ音楽聴かないなら、お茶しようよ」

あずさは耳を疑った。この美女が、私をお茶に誘っている？　そんなことが起こっていいのか？　彼女はドアをボコボコにしていた時とは別人のように、微笑している。振り向いたまま固まったあずさに、彼女は「やだ？」と訊いた。

「いやじゃない。行こう」

ライブハウスを出た二人は、近くのカフェに入った。ここでもコーラを頼んだあずさを、彼女は「また？」と笑った。席についてまず名乗りあった。ブレンドコーヒーを啜《すす》りながら、彼女は言った。

「キム・ジアン」

「歳《とし》は？」

「十四。春で十五」

「同い年じゃん！」

同年代とはいえ、少し年上かと思っていた。興奮するあずさにジアンは「タメなんだ」と言った。

「不良だね。中学二年生があんなところ出入りするなんて」

「そっちも一緒でしょ？」

あずさが返すと、二人同時に笑いが起こった。

それからあずさとジアンは、互いの好きな音楽を話した。ジアンはヒップホップが好きで、海外のアーティストをよく聴いていた。あずさは一時期R&Bばかり聴いていたけれど、最近はラップにも興味がある、と語った。

「ヒップホップはね、なんでも受け入れてくれるから好き。お金がなくても、どこにルーツがあっても、どんなセクシャリティでも居場所がある。だからこそ、女はすっこんでろ、みたいなこと言うラッパーは嫌い」

セクシャリティ、という言葉にあずさは反応した。

「マイナーな人でもラッパーになれる？」

「そうだよ。だいたい、人間にメジャーもマイナーもないよ」

ジアンの言葉は、あずさの胸にまっすぐ入りこんできた。

ずっと前から、自分がいてもいい場所なんてこの世にないと思っていた。勉強ができなくて、妹より劣っていて、女性に恋する女性がいるべき場所なんて。でも、ジアンが言っていることが本当なら、ヒップホップだけは自分を受け入れてくれるかもしれない。

あずさは泣きそうになっていた。

ジアンは涙の気配をすばやく察知して、「どした？」と慌てた。大人びているジアンも、おたおたする姿は年相応に見える。

「いや、なんか、わかんないんだけど……」

「泣きたくなること、言っちゃった？」

「ううん。いい意味での泣きだから」

あずさはあふれた涙をスウェットの袖で拭った。ライトグリーンの生地に涙が染みる。

泣いている理由を話さないといけない、と思った。

「私、女の人が好きなんだよね」

発作的にあずさは告白していた。言ってから、しまった、と思う。

「引かないで。変なこと言ってごめん、おかしいよね」

「おかしくないよ」

ジアンは真顔だった。

「男が好きでも女が好きでも、その人の自由でしょ？　なんで謝るの？」

ブレンドの湯気に、ジアンはふっと息を吹きかけた。そのしぐさがあまりに自然で、なぜだかあずさは腹が立った。ジアンが余裕ぶっているように見えた。

「建前だよ、そんなの」

あずさは棘《とげ》のある声音で応じていた。

「誰が誰を好きでもいいとか、そういうコメントよく見るけどさ。そんなの嘘じゃん。クラスでそんなこと言ったら、そういうキャラ付けされるじゃん。女性が好きな女性、って面しか見てもらえなくなる。私の個性が全部そこに紐《ひも》づけられる。表向きは応援してるとか言ってても、周りから珍獣扱いされて距離置かれる。わかってんだから」

あずさは一気にまくしたてた。胸のうちに押しこめていたことが、ほんの一部、噴き出してしまった。ジアンは微動だにしない。

一通り話し終えると、急激に恥ずかしくなった。勢いで、つい本音をぶちまけてしまった。しかも、フォローしてくれたジアンに失礼な言い方をした。自分のなにもかもがいやだった。

「帰る」

バッグを取ろうとしたあずさに、ジアンが「待って」と告げた。

「私も同じだから」

「は？」

「私も同じ。女性が好きなの」

あずさはかがんだ姿勢のまま固まった。

「……嘘？」

「本当」

ジアンは冷静を装っているが、顔は赤らんでいた。その顔色こそが、彼女の告白が決して嘘ではないことを物語っていた。

あずさが初めて三井埠頭行きのバスに乗ったのは二か月後、中学三年に進学して間もない時期だった。

土曜、午前十一時。川崎駅前の停留所で行き先を何度も確認してから、青と赤のラインが入った車体に乗りこむ。あずさは川崎市内で生まれ育ったが、これまで臨海部に行く用事はなく、臨港バスにも乗ったことがなかった。

空いている右側最後部に腰を下ろした。じきにバスが発進する。

いくらか緊張しながら、あずさは流れる街並みを見ていた。

――これから、ジアンの家に行く。

そう考えるだけで緊張はさらに高まる。

この二か月、あずさとジアンは毎日のようにメッセージのやり取りをしていた。二日に一度は電話もした。週に一度は直接会った。会うと言っても、お互い中学生だから大したことはできない。川崎駅前に集合して、ゲームセンターで遊んだり、ファミレスでご飯を食べるくらいだ。

一度、クラブのデイイベントにも一緒に足を運んだ。ジアンは顔が広く、何人かの男女から声をかけられていた。「人気者だね」と言ったら、ジアンはさらりと「人気なんて面倒なだけだよ」と返した。

ジアンはいつ会っても格好よかった。気取らず、自然体で、そのくせたまにかわいいところを見せる。ずるい、とあずさは思っていた。

――今度、うち来ない？

電話でそう言われたのは先週のことだった。

――いいの？

――うん、来なよ。うち焼肉屋なんだよね。来てくれたらごちそうするよ。聴かせたい音源もあるし。

ジアンの部屋で、二人きりで過ごせる。断る理由がなかった。話はすぐにまとまり、土曜の昼に訪れることとなった。あずさは何日も前から着ていく服を選び、精一杯のメイクをして自宅を出た。

臨海部へ近づくにつれ、車窓の風景が変わっていった。大型の建物が目につくようになり、トラックを見かける頻度が増えた。この辺りは工場が多い、という程度の事前情報しか持っていなかった。

教えられた停留所で降りると、視界の外から「あずさ」と声をかけられた。Tシャツにスウェットパンツという、ラフな服装のジアンが立っていた。店で集合と言われていたあずさは、不意打ちを食らった格好だった。

「迎えに来てくれたんだ」

「すぐそこだけどね」

ジアンは無言で、あずさの服装をしげしげと見ていた。

パステルカラーのストライプシャツにデニムスカート。ジアンの親に会うかもしれないから、派手すぎないように。でもセンスはあると思われるように。悩みに悩んで選んだ、あずさなりのベストアンサーだった。

「似合ってるね」

さりげなく、ジアンはつぶやく。あずさは顔が熱くなるのを感じた。その反応に気付いているのかいないのか、ジアンは「行こっか」と先を歩き出した。あずさは黙って後をついていく。

ジアンの実家は焼肉屋である。二階建ての建物の一階が店舗、二階が居住スペースになっていた。正面入口のドアを開けたジアンは、「ただいまー」と店の奥に声をかける。まだ昼の早い時間とあってか、他の客はいなかった。

「友達、連れてきたよ」

店の奥から、エプロンをつけた四十代くらいの女性が現れた。あずさと目が合うと、はっと息を呑んだ。

「あらあ、わざわざありがとうね。いや、かわいい子。びっくりした」

「ね。かわいいでしょ」

「ほんとに。どうも、ジアンの母です」

ジアンがさっさと奥のテーブル席に腰かける。あずさは赤面しながら、「お邪魔します」と頭を下げた。ジアンの母は「ありがとうねえ」とまた礼を言った。

「なんにもないけど、ゆっくりしていってね。この子が友達連れてくるなんて、いつぶりだろ。小学校の低学年以来？」

はしゃいでいる様子の母親に、ジアンがむすっと「ご飯持ってきて」と告げる。

「なに言ってんの。奥に用意してるから、自分で持っていきなさい」

「はいはい」

ジアンが立ち上がり、壁で仕切られた厨房《ちゅうぼう》の向こう側へ消えた。「手伝います」と立ち上がりかけたあずさに、ジアンの母が「いいから、座ってて」と言う。じきに、お盆を持ったジアンがやってきた。白飯とテールスープが載っている。その後ろから肉のプレートを手にした男性が現れた。

「こっちがお父さん」

ジアンは振り返りもせず、父親を紹介する。父親は無表情でプレートを置いて、立ち去ろうとした。あずさは慌てて「お邪魔してます」と声をかける。立ち止まった父親が、軽く会釈した。

「……いっぱい食べていって」

父親は厨房へと入っていった。

「愛想ないよねえ」

ジアンが顔をしかめると、母親に「そんなこと言わない」とたしなめられた。

「まあ、とにかく食べよ」

あずさが空気に呑まれている間にも、ジアンは切り分けた肉を金網の上に並べていく。トングの扱いや火力の調節も慣れたものだった。ジアンは焼けた肉をどんどんあずさの皿に移す。

「あ、ありがとう」

「いいから、どんどん食べてよ。これはタンとハラミね。次、カルビ焼くから」

ジアンが焼いてくれる肉は、どれもおいしかった。あずさは一切れ口に入れて「うまっ」と言った後、黙々と食べ続けた。ジアンは時おり自分も食べながら、最後まで肉を焼いてくれた。食事をしている間、どんどん新しい客が入ってきた。

満腹になったあずさの前に、ジアンの母がシャーベットを置いてくれた。あずさは今になって、ジアンの家族の前で食べ過ぎてしまった、と後悔した。

「すみません、本当にいっぱい食べて。お金払うんで」

「なに言ってんの」

ジアンが笑った。

「お金払わせるつもりで、呼んだとでも思った？」
「そういう意味じゃないけど……」
促されるまま、スプーンを動かす。梨味のシャーベットは冷たくて甘かった。それから
ジアンと一緒に食器を下げ、厨房のなかにある階段を上って二階へ移動した。
「ここから先はうちの家」
ジアンがドアを開けると、普通のマンションのような玄関が現れた。及び腰で足を踏み
入れたあずさを、ジアンが手招きする。
「こっちが私の部屋」
ジアンの自室は玄関を入ってすぐ右にあった。六畳ほどの洋間で、勉強机の上のパソコ
ンとスピーカーが目立っている。「座って」とジアンに言われ、あずさはおそるおそるべ
ッドに腰かけた。緊張が一層高まる。
「待ってて。なんか適当に流すから」
ジアンがパソコンを操作すると、軽快なテクノミュージックが流れはじめた。音楽に身
を任せているうち、次第に気持ちがほぐれてくる。
「いいね、この曲」
「でしょ？」
しばらくはたいした会話もなく、二人並んで音楽に耳をかたむけていた。ジアンの部屋

は、不思議なほど落ち着いた。初めての場所なのに、ずっと前から入り浸っていた隠れ家のように思えてくる。

「家族には黙ってるんだ」

曲間の静寂に、ジアンがつぶやいた。

「女の人しか好きになれないってこと」

ついさっき対面した、ジアンの父母の顔がよぎる。

「私もだよ」

あずさも、そのことはジアン以外の誰にも話していなかった。スピーカーからはジャズが流れていた。ジアンは鼻をすする。

「うちのお父さん、そういうのすごくいやがるんだよね。男を好きな男はあり得ないとか、女同士じゃ子どもも作れないのに、とか、平気で言う人だから。絶対カムアウトなんかできない」

あずさの親は、明確に嫌悪感を示したことはない。ただ、告白に踏み切る勇気が持てないのはジアンと同じだった。

階下の焼肉屋のざわめきが、かすかに聞こえる。

沈黙が訪れた。少女たちにとって、この六畳の部屋だけが互いをさらけ出すことのできる場所だった。息苦しい世界で、ここだけが正常に呼吸できる。二人の息遣いがやけに大きく響いた。

「付き合ってみたら、どうかな？」

ジアンが上目遣いにあずさを見た。一瞬だけ視線が合い、すぐにそらす。

「私たちが？」

間の抜けた問いを返したあずさに、ジアンはあさっての方角を向いたまま「そう」と答える。あずさはどう反応すべきか迷った。即答すればがっついていると思われるかもしれないし、早く答えなければなかったことにされるかもしれない。

躊躇しているあずさを、ジアンが横目で見た。

——もう、なんでもいい。

あずさは思いつくままの答えを返した。


その日から、あずさは月に二回のペースで臨海部へ通うようになった。

ジアンの家へ行くのは、だいたい週末の昼だった。一階の焼肉屋でランチをごちそうになり、その後は二階の部屋で過ごす。たまに二人で散歩することもあったけど、近所は工場ばかりで、少女たちの目を引くものはなかった。

ジアンの部屋には、たくさんのＣＤやレコードがあった。プレイヤーを持っていないあずさは、レコードを聴くこと自体初めての経験だった。海外アーティストの音源も豊富で、片端から聴いているだけであっという間に時間が過ぎた。

それまでと同じように、クラブやライブハウスにも繰り出した。中学三年生とはいえ、女子が二人でいるとナンパされることもあったが、いつもジアンが追い払ってくれた。酒やタバコにも誘われたが、ジアンは誰が相手でも「未成年なんで」とさらりと拒否していた。

「音楽聴きに行ってるんだから、男とか酒とかタバコとか、興味持てないよね」

あずさもジアンの意見には賛成だった。中学生でクラブに出入りするなんて褒められた素行ではないけれど、そちら側に足を踏み入れるのは、また意味が違う。断るとたまに「ビビんなくてもいいのに」とか「固いね」とか言われるけれど、ジアンと一緒なら怯《ひる》むことはなかった。

二人でカラオケに行くこともあった。ジアンは綺麗なハイトーンボイスで、海外アーティストの難しい曲でも歌いこなしてみせた。あずさはもともと声がかすれていて、高音を出すのが苦手だった。

「羨《うらや》ましいよ。私、喉《のど》ガラガラだから」

あずさがそう言うと、ジアンは「なに言ってんの」と笑った。

「私はそっちのほうが羨ましいけど。あずさみたいな色気のあるハスキーボイス、狙《ねら》っても出せないからね。私はただ高い音程で歌えるってだけ。唯一無二の声を持ってるのはあずさのほう」

「そうかなあ」

「そうだよ。声質も、ラッパーの才能の一つ」

当時ヒップホップにのめりこんでいたあずさは、自分でもラップをやってみたいと考えはじめていた。そのためジアンとカラオケに行っては、愛聴するラッパーたちの曲を歌って練習していた。

「あずさなら、自分で書けるんじゃない？」

「そんなのムリだよ」

口ではそう言いながら、実はあずさは少しずつ詞を書き溜《た》めていた。いずれ曲が完成したら、真っ先にジアンに聴かせるつもりだった。

春が過ぎ、初夏になり、夏休みへ入ると、二人が会う頻度はさらに増えた。

あずさがジアンを自宅へ呼ぶことは一度もなかった。妹のかすみが中学受験を控えていて、家のなかにピリピリしたムードが漂っていたせいだ。あずさは逃げるように、用がなくてもジアンの家へ通った。

ジアンの母が用意してくれるランチは、だんだんお金のかからないものになっていった。焼肉から、冷や麦やチャーハンになった。食べる場所も店内ではなく二階のリビングになった。あずさにとっては、ご飯を出してくれるだけでありがたく、申し訳なかった。昼食代を払うと申し出ると、ジアンの母は笑い飛ばした。

「うちには娘が二人いるみたいなもんだから。娘からお金は取らないでしょ？」

その言葉が、涙ぐむほどあずさにはうれしかった。

八月。その夏、いちばん暑い日だった。

あずさとジアンは、午前中から部屋で宿題をやっていた。違う学校に通っていて内容が違うため、教え合うこともできず、黙々とシャーペンを動かしていた。昼過ぎまで頑張ったけれど、先にあずさがギブアップした。

「飽きた。もう限界。今日はやめる」

テキストを閉じてベッドに寝転がったあずさに、ジアンが「休もっか」と言った。

「ちょっと散歩でもする？」

「そうしよ。アイス買いに行こう」

二人で連れ立って外に出た。青空に大きな入道雲が出ていた。夏を想像したら真っ先に思い浮かぶような空模様だった。

コンビニでアイスを買い、帰る最中にジアンが言った。

「寄り道していってもいい？」

あずさが「いいよ」と応じると、自宅と逆方向に歩きはじめた。

五分ほど歩いてジアンが足を止めたのは、運河沿いだった。コンクリートで両岸を固めた河。車が行き交い、排気ガスが立ちこめる車道のすぐそばで、ジアンはアイスを食べながらじっと水面を見つめていた。あずさはその隣で日差しを浴びていた。急速に柔らかくなっていくバニラアイスを食べながら。

「……ここに寄りたかったの？」

「うん。たまに見たくなる」

正直に言って、あずさにはこの運河の魅力がわからなかった。暑いなか、わざわざ見るようなものでもない。

「別に綺麗な風景じゃないけどね」

あずさの心中を読んだように、ジアンが言った。

「でも好きなんだよね。これって河に見えるけど、元々は海なんだよ。そこに埋立地ができて運河になったの。だから細長い海なんだよ」

「へえ」

「この運河の先が海につながってると思うと、なんか勇気づけられるんだ。窮屈に思えても、前に進んでいればいつかは広い世界に出られる。当事者には河にしか見えなくても、実は海にいる……みたいなことってあるんじゃないかな」

ジアンの発言が、自分たちの置かれている状況を指していることはあずさにもわかった。あずさとジアンが恋人同士であることは、二人しか知らない。誰にも公言できない秘密の恋だった。そこには甘さと同じくらい、苦さもあった。

でも、そんな窮屈な状況は永遠には続かない。きっといつか、二人で堂々と手をつなげる世界へ行ける。

二人は肩を触れ合わせながら、汗を流し、黙って水面を見ていた。

残ったバニラアイスは、どろどろに溶けていた。


夏休みが明けて少し経ったころ、急にジアンと連絡が取れなくなった。メッセージの返信もなく、電話もつながらない。こんなことは初めてだった。なにかトラブルに巻きこまれているかもしれない。心配になったが、連絡なしで自宅に押しかける勇気はなかった。

折しもあずさ自身、想定外の事態に遭遇していた。

――来年の春、横浜に引っ越そうと考えてるんだ。

九月に入ってから、唐突に父がそう言い出した。

――なんで？

――中区にいい物件があって、知り合いがそこを安く売ってくれるっていうんだよ。父さんの職場も近くなるし、家も広くなる。あと、かすみも中学受験に受かったら、登校しやすくなるし。

父はまるで付け足すように言ったが、最も重要な理由が最後の一言にあることをあずさは感知した。なんのことはない、妹の通学のためなのだ。

――かすみはよくても私はどうなるの？

――もし間に合うなら、今から志望校を再検討できないか。

父は心苦しそうに告げた。通学に時間はかかってしまうけれど、もちろん川崎市内の高校のままでもいい、とも言った。両親間ですでに話はついているらしく、母はなにも言わなかった。

自業自得だな、とあずさは冷静に思った。自分が逃げて遊び歩いている間に、家のなかではなにもかも決まっていたのだ。

元より、どうしても第一志望に通いたいという熱意はなかった。それでもせめてもの抵抗として、考える時間がほしい、と答えた。

たぶん、横浜への転居は避けられない。川崎に住むジアンとは会いにくくなるかもしれない。でも、同じ神奈川県内だ。会おうと思えば、電車に少し乗れば会える。何日かかけて、あずさはそう思い直した。

早くこのことを伝えたい。大したことないよ、と笑ってほしい。

しかし、ジアンとは一向に連絡が取れないままだった。

ひと月ほどが経ち、我慢できなくなったあずさは当てもないまま臨港バスに乗った。どうしてもジアンと会いたい。

土曜の昼、焼肉屋の前まで足を運んだ。意を決して店のドアを開ける。

「いらっしゃい……」

出てきたのはジアンの母だった。あずさの顔を見るなり絶句する。

「あの、ジアンに会いに来たんですけど」

「ごめんなさい。あの子、ちょっといなくて」

なぜかジアンの母はよそよそしかった。態度が豹変《ひょうへん》したことに不穏なものを感じる。

「最近連絡がつかなくて、心配なんです」

「ごめんね。言っておくから」

押し返そうとするジアンの母に抗《あらが》うように、あずさは店の奥へ足を踏み入れた。ちょうど、厨房からジアンの父が出てくるところだった。

「お邪魔してます。ジアンは……」

「帰ってくれ」

間髪入れず、告げられた。

ジアンの父の顔には、露骨に不快感が浮かんでいた。今にも口から罵倒《ばとう》が飛び出してきそうだ。慌ててジアンの母が間に入り、「とりあえず、今日はいないから」とあずさを店から出した。

あずさはその場に立ち尽くした。こんなふうに追い返されたのは初めてだ。今までは訪れるたび、快く迎え入れてくれたのに。

諦めきれず、あずさは辺りを歩き回った。近所を歩いていたらジアンと遭遇できるかもしれない、という期待もあった。近くのコンビニに行った。運河沿いにも行った。けど、ジアンはどこにもいなかった。

十月の臨海部には秋の気配が漂っていた。空腹も忘れて、あずさは辺りをぐるぐると歩き続けた。イヤフォンで、ジアンが勧めてくれた音楽を聴きながら。

あずさは歩きながら考えた。なぜ、ジアンの父母の態度が急変したのか。思いつく理由は一つしかなかった。

——うちのお父さん、そういうのすごくいやがるんだよね。

ジアンはかつて言っていた。父親には、絶対カムアウトなんかできない、と。

もしかしたら、自分たちが付き合っていることがバレたのではないか。家に通っていたのがただの娘の友人ではなく、恋人だったと知ったら。ジアンの父はどう思うか。

隠してはいたけれど、バレる可能性がゼロとは言えない。〈好きだよ〉とか〈愛してる〉といったアプリのメッセージを見られたのかもしれないし、電話の声が漏れてしまったのかもしれない。

そう考えると、すべて辻褄《つじつま》が合う気がした。急にジアンと連絡が取れなくなったことも、ジアンの母がよそよそしくなったことも。

——嘘だよね。

想像するだけで、あずさの涙腺《るいせん》は緩んだ。ただ同じ性別を好きになっただけで、どうしてそんな目に遭わないといけないのか。そもそも、親が子どもの恋愛に口を挟むなんてどうかしてる。

どうしても、あずさには受け入れられなかった。

午後五時を過ぎ、日が沈んだ。それでもあずさは帰る気になれなかった。

埋立地である扇町との間には、扇橋という橋が架かっていた。歩き疲れたあずさは扇橋の欄干に身体を預けた。夜間であっても、工場の照明は煌々《こうこう》と光っている。橋の上から見えるプラントは輝くタワーのようだった。臨海部でこんな光景が見られることを、あずさは知らなかった。

——ジアンと見たかったな。

考えるとまた涙が滲《にじ》む。運河を見下ろすあずさの背後を、車が通り過ぎていく。

「こんな時間に出歩いたら危ないよ」

唐突に、聞き覚えのある声がした。はっとして振り返ると、無表情のジアンが立っていた。

途端にあずさの両目からぼろぼろと涙がこぼれた。そんなつもりはなかったのに。やっと会えた、という安堵のせいで感情が決壊していた。

「ジアン。あの、あのね……」

「私から、あずさにお願いがあるんだけど」

橋の上で、ジアンは口だけを動かして言った。なぜかその言葉に、あずさはぞっとした。いい予感がしない。それでも聞かないわけにはいかない。

「……なに？」

「二度と私の前に現れないで」

頭が真っ白になった。ジアンは一方的に語り続ける。

「私、お母さんにだけカムアウトしたの。そうしたら、すぐお父さんに告げ口された。お父さん、ものすごい勢いで怒って。気の迷いだ、今すぐ別れろ、って言われた。もし付き合い続けるなら生活費も学費も出さないし、女性を好きなことも一切公言しちゃいけないって。笑えるよね、今時」

ジアンはひとかけらも笑ってはいなかった。

「ムカつくけど、よく考えたら、たしかに気の迷いだったのかもしれない」

「どういう意味？」

「私、そういうの憧《あこが》れてたんだよね。女同士で付き合うことに」

指先が冷たくなる。頭の芯《しん》が痺《しび》れる。

「嘘だよね？」

「本当だよ。たまたま知り合ったあずさがそういう人だって知って、調子を合わせてただけだった。無意識にそうしてたけど、よく考えたらこれって恋愛じゃなかったみたい。友達同士の感情を、恋愛だと勘違いしていたんだと思う」

「ジアンから付き合おうって言ったんだよ？」

「それは、ごめん。でも気付いた以上は嘘つけない」

あずさには、目の前にいるのがジアンとは思えなかった。見知らぬアンドロイドとしゃべっているようだった。

「だからさ、終わりにしよう。もう私には連絡しないで」

「いやだよ」

「あずさがいやでも、私は別れたい。私と付き合ってたことは誰にも言わないでね。じゃあ、さよなら」

ジアンが背を向けた。自分の顔が熱いのか冷たいのかわからなくなる。

今すぐ追いかけたい。追いかけないといけない。それなのに、あずさの足は貼り付けられているように動かない。

もしも、追いすがってさらにひどい言葉をかけられたら。さらに強い態度で拒絶されたら。想像するだけで恐怖に囚《とら》われて、身動きが取れなくなった。待って、という一言すら口にできなかった。

ジアンは一度も振り返らないまま、闇へと溶けていった。

どれくらいの時間、扇橋の上にたたずんでいたのかわからない。再会の瞬間にあふれた涙はとうに乾いていた。赤い目をしたあずさが我に返った時には、欄干にもたれて暗い川《かわ》面《も》を見ていた。

無風の夜だった。工場の照明を反射した水面は、凪いでいた。

——ここから飛び降りたら、死ねるかな。

ふと、そんな空想が頭をよぎった。死にたいというのとは少し違った。ここではないどこかに行ってしまいたい。ジアンがいないどこかに。女同士が恋愛をしていても、誰にも咎《とが》められないどこかに。

背後で盛大にクラクションが鳴った。週末で車通りが少ないとはいえ、橋上は人目がある。飛び降りるにしてもここでは止められるかもしれない。

人気のない場所を求めて、あずさは頼りない足取りで歩き出した。

幹線道路を外れると、夜の臨海部はひどく静かだった。あずさはあえて、コンクリート塀に挟まれた細い路地を選んで進んだ。どこかからエンジンの駆動する音や、蒸気の噴き出す音が聞こえる。

なんでもいい。高い建物に侵入できれば。後は上階まで上がって、飛び降りるだけだ。どこにいるかもわからないまま、あずさは臨海部を歩き回った。

建ち並ぶフェンスに沿って進んでいると、一部だけ、撤去されている箇所があった。そこから企業の敷地内に入りこめるようだ。見上げると、養生シートに覆われた建設途中の建物があった。あずさは迷いなく足を踏み入れる。

スマホのライトを頼りに、無人の工事現場を進む。普段立ち入ることのない非日常的な領域だった。胸の高鳴りを感じながら、高い建造物への入口を探してうろうろと歩き回る。だが、一向にそれらしきものが見つからない。

——ここは無理か。

引き返そうとしたその時、正面から強い光を浴びせられた。

「おい。なにやってるんだ？」

光のなかから野太い声が聞こえた。作業着をまとった男性が近づいてくる。よく見れば、光源は男性の持っている懐中電灯だった。

「勝手に入ってきたのか？」

「あ、そこが開いてて……」

あずさは侵入してきた辺りを指さしたが、男性は「そうか」と言っただけだった。作業着の胸には「田所」と刺繍《ししゅう》されている。どうやらこの敷地で働く従業員らしい。あずさよりも二回りは年上に見えた。

「そこでタバコ吸ってたら、怪しい光が見えたからなにかと思えば……きみ、いくつ？」

「……」

「まだ十代だよね。一人？　こんなところ入ってきちゃいけないよ」

すみません、と言おうとしたが、代わりに嗚咽が漏れた。あっ、と思った時にはもう涙がこぼれていた。勝手に侵入して叱られた挙句、初対面の男性の前で泣くなんて、恥ずかしくてたまらない。でも涙が我慢できない。

突然泣き出したあずさに、田所はぎょっとしていた。

「なに。どうしたの？」

見知らぬ相手に話したところで、しょうがない。そう思いつつ、胸に詰まったものを吐き出さずにはいられなかった。

「私、もう全部いやで……死にたくなって……」

あずさの断片的な話を、田所は黙って聞いていた。最初は厳しい顔つきだったが、一転して穏やかな表情へと変わっていく。時おり相槌を打ちながら、田所は脈絡のないあずさの話を辛抱強く聞いた。

しばらく話しているうち、あずさの嗚咽は落ちついてきた。すかさず田所が「つらかったんだな」と静かに言う。

「……はい」

「でも、死ぬのはよくない。ここはきみの死に場所じゃない」

温かいが、強い口調だった。優しい人なんだろうな、とあずさは思う。そうでなければ、無断で侵入した中学生を穏やかにたしなめることなんてできない。それでも、あずさの心にある死にたさは消えなかった。

田所は建設中の建物を見上げて、しばし何事かを考えているようだった。じきに、にやりと笑ってあずさの目を見た。

「これから、いいものを見せよう」

「……なんですか」

「上に行けばわかる。あ、でも危ないかな……工事中だし……」

見たところ建物はかなりの高さがある。

「念のため、上の足場が無事か確認してくる。少し待っていてくれ」

田所は「ここにいてくれよ」と念を押してから、どこかへ去っていった。かん、かん、と階段を上る足音だけが暗闇から聞こえてくる。急に一人にされたことで寂しさを覚えたが、指示された通り、あずさはその場で待っていた。

それにしても、「いいもの」とはいったいなんだろうか？　上、と田所は言っていた。「いいもの」は建物の上にあるらしい。しかし、工事中の建物に中学生が喜ぶような代物があるとは思えなかった。

十月の夜は、急速に肌寒くなっていく。腕をさすっていたあずさの耳に、「あっ」という誰かの叫び声が届いた。静まりかえっていなければ、聞き逃してしまう程度の大きさだった。

数秒後、ごつっ、という鈍い音が辺りに響いた。

あずさは反射的に首をすくめた。至近距離でなにかが落下したような音である。それも、ある程度重いものが地面にぶつからないとあんな音は出ない。暗闇に包まれていることと相まって、得体の知れない恐怖がわきあがる。

「なに……?」

田所はどこへ行っているのか。早く戻ってきてほしいが、その気配はない。もう逃げ出したかった。しかし待っているよう指示された以上、勝手に去るのも気が引ける。それに落下物の正体も気になった。

――しょうがない。

あずさは覚悟を決めた。なにが起こったのか、自分で確かめるしかない。

スマホのライトで前方を照らしながら、音のした方向へ歩き出す。すくみそうになる足を気合いで動かして前へ進む。

闇に慣れた目が、地面にうずくまる黒い影を捉えた。布に包まれた建築資材かなにかだろう。どうやら、これが先ほどの音の正体らしい。あずさはライトの光をそちらへ差し向けた。

そこに横たわっていたのは、頭から血を流した作業着の男性だった。田所、という胸の刺繡が目に入る。

あずさは言葉にならない叫び声をあげた。

あまりに予想外のことで状況が呑みこめない。混乱した頭では、どう動くべきなのか判別がつかなかった。人を呼ぶべきか。警察への通報か。いや、救急車を呼んだほうがいいのか。

——どうして。

あずさの頭は、田所が落下したことへの疑問で一杯だった。ついさっき、田所はあずさに死を思いとどまるよう戒めたばかりだ。その本人が、どこからか落下して血まみれで寝そべっている。「いいもの」を見せる、と約束していた田所が。

まったく意味がわからなかった。

じきに、複数名の足音が聞こえてきた。駆け付けたのは、あずさの悲鳴を聞いた従業員たちであった。同じ作業着を着た三人の男たちは、しきりに倒れている田所とあずさを見比べていた。

「係長ですよ。田所係長」

「早く警察！」

「きみ、なにやってたんだ、ここで」

あずさにはなにも答えられなかった。どこから話せばいいのか、どんな情報を欲しているのかわからなかった。ただ、口を開閉させながら右往左往するしかなかった。

数分後、男たちの呼んだ救急車が到着したが、すでに田所は亡くなっていた。その後にやってきたパトカーに乗せられ、あずさは警察署へと連れられた。それから翌朝、帰宅するまでのことはほとんど記憶にない。

ただ、「なんであんなところにいたの?」という問いへの答えは覚えている。

「海を見たかったんです」

怪しまれても、あずさは頑なにその答えを押し通した。

死にたかった、とは言えなかった。言えば、ジアンと付き合っていたことを話すことになる。しかしジアンには、彼女と付き合っていたことは誰にも話してはならない、と言われていた。たとえ警察官が相手でも、ジアンが自分と——女性と交際していたことは言えない。言えば、ジアンに迷惑がかかる。

だからあずさはこの事故に関して、沈黙することを選んだ。

あずさの脳裏には、扇橋の上から見た風景だけが刻まれた。運河という名の、凪いだ細長い海。それ以外の記憶はすべて、彼女にとって重荷でしかなかった。

*

凪は空になったダイキリのグラスを、指でなぞった。

「……まだ、ほんの子どもだった。でも子どもなりに責任は感じていた」

居合わせた男たちは、揃《そろ》って沈黙していた。ロンもマツも、樹もBBもサカキも。

「私が敷地内に侵入しなければ、田所さんと出会わなければ、弱音を吐いていなければ、田所さんは死んでいなかったかもしれない。だから、田所さんの奥さんが私に恨みを持つのはある意味、正当な怒りだと思う」

「……このことを、奥さんは知ってるのか？」

ロンが久しぶりに口を開いた。

「落下する前にどんな会話をしたのかは、伝えた。でも向こうは、作り話じゃないかって勘繰っているみたい。そりゃそうだよね。いいものを見せよう、なんて、なんのことか意味わかんないし」

「なあ、凪」

入れ替わりに発言したのはBBだった。

「俺たちに話してくれなかったのは、その、ジアンって子に遠慮していたからか？」

「まあね」

「もう七年も経ってるのに？」

「年数は問題じゃないよ」

凪はきっぱりと言う。

「ジアンは今でも、女性の恋人がいたことを後悔しているかもしれない。私が勝手に公言すれば、彼女は人づてに聞くたび傷つくことになる。だから言えなかったし、みんなも絶対、ここだけの話に留めておいてほしい」

「ジアンが本気で、そう考えてると思うか？」

今度は樹が質問する番だった。

「凪のことが好きで、それでも別れるためにあえて冷たくしたんじゃないのか？」

「やめて。恋愛談義がしたくて話したわけじゃないから」

ぴしゃりと言い渡され、樹は口をつぐんだ。凪がため息を吐く。

「いつか、こうなるとは思ってた」

アーティストとしての凪の人気が高まることは、好ましくない過去が掘り返されるリスクが高まる、という意味でもあった。無根拠なデマはともかく、死亡事故との関わりが取り沙汰《ざた》されればイメージが損なわれる危険はある。

「田所さんの奥さんは今でも私を許していない。つまり私が表舞台に出ると、傷つく人が出るってこと。これまであえて目を逸《そ》らしてきたけど、やっぱり最初からムリがあった。私は表舞台に立っていい人間じゃない」

「落ち着け」

「私はグッド・ネイバーズから抜ける」

ＢＢの制止も聞かず、凪は断言した。

「ラップもやめる。二度とマイクは握らない」

「落ち着けって。この場の思いつきで結論を出すなよ」

「思いつきじゃない！」

凪はテーブルに拳を叩きつけた。

「楽屋で例のことがあってからずっと考えてた。死亡事故の遠因を作った私が、本当に有名になっていいのかって。でも答えは出た。私は、遺族の方の視界に入るような場所にいるべきじゃない。アーティストなんてやっちゃいけない」

今度こそ、誰も反論できなかった。樹はうつむき、ＢＢは天を仰いでいる。サカキは頬杖を突き、マツは腕を組んでいる。ただ、ロンだけは凪を見ていた。

「有名じゃなきゃいいのか？」

ふいに言葉を発したロンに、みんなの視線が集まった。

「本当に、露出自体が問題なのか？」

凪はむっとした顔で先を促す。

「たとえ遺族の視界に入らなくても、過去を軽んじるような言動があったらそれは失礼なんじゃないか？　遺族の目に触れるか触れないかとは別のところに、問題があるんじゃないか？」

「言いたいことがあるならはっきり言って」

鋭い視線を、ロンは正面から受け止めた。

「凪がグッド・ネイバーズを辞める必要はない」

口を開きかけた凪より早く、ロンが「聞いてくれ」と言った。

「田所さんの奥さんは凪の話を信じていない。それは、田所さんの『いいものを見せよう』という発言の意味がわからないせいだよな。田所さんの意図がわからないから、凪の証言に信憑性がないと判断されてるんだよな？」

「……それだけかどうかは、わからないけど」

「その言葉の意味がわかれば、誤解は解けるんじゃないか？」

突然の事故で家族を失えば、なぜ死んだのか知りたいと願うのは当たり前のことだ。田所の妻は、なぜ夫がわざわざ高所に上ったのか、彼が凪に見せようとした『いいもの』がなんなのかいまだにわからない。だからこそ、七年が経った今でも凪が事故に関わったのではないかと疑っている。

「凪がやるべきなのは、ステージから逃げることじゃない。どうすればステージに立てるのか、考えることだろ」

「……ムリだよ」

凪は諦めまじりに言った。

「死んだ人に訊くの？　私になにを見せたかったんですか、って？」

「ムリかどうかは話してない。解決しようともせず、ラップをやめるなって言ってるんだよ。本当はやめたくないんだろ。だったら、もう少しだけ考えたほうがいい」

ロンの言葉に、凪の目が揺れた。わずかに心が動かされている。しかし、凪はそれでも首を横に振った。

「ごめん。やっぱり、そんなの不可能だと思う。メジャー移籍を考えたら、悠長なこと言ってられないし……」

ロンはすかさずＢＢの名前を呼んだ。

「事務所との交渉期限はどれくらいだ？　一か月？」

「二週間が限界だな」

「なら二週間でいい。その間に、田所さんの真意を突き止める。だからすぐに結論を出そうとするな。いいな？」

ロンと凪はしばし正面から互いを見据える。ロンには、凪の瞳《ひとみ》の奥から発信されている

なかった。

SOSが見えた。彼女はまだマイクを手放したくない。ならば、やるべきことは一つしか

「絶対、なんとかするから。だから待ってろ」

凪はもう拒絶しない。唇を引き結び、黙って目を潤ませるだけだった。

目当ての店は、さほど苦労せず見つけることができた。

臨港バスの停留所から徒歩数分の距離に、二階建ての焼肉屋はあった。二階にはカーテンの閉ざされた窓があり、外観からも居住スペースだと推察できる。一人で訪れたロンは、入口のスライドドアを開けた。

ランチタイムを過ぎているせいか、店内には一組しか客がいなかった。店内には煙が漂い、甘辛いタレの匂いが鼻先をくすぐる。

「いらっしゃいませ」

奥から出てきたのは、エプロンをした五十代くらいの女性だった。この人がジアンの母だろうか。とりあえず、食事をしながら様子を見ることにする。「お好きな席にどうぞ」と言われ、厨房に近いテーブル席に腰を下ろした。

注文したビビンパを食べながら隙をうかがい、もう一組の客が帰ったタイミングで「すみません」と女性を呼んだ。

「はい、はい。お水ですか？」

「いえ。実はちょっとお聞きしたいことがあって」

ロンは自分が山県あずさの友人であること、キム・ジアンと連絡が取りたいことを打ち明けた。女性の顔は見る間にこわばっていく。

「なんで、今さら……」

「協力してほしいことがあるんです」

この調査で、ジアンは最大のキーパーソンだった。もし彼女が説得してくれれば、凪は脱退宣言を撤回するかもしれない。それにこの地域で生まれ育ったジアンなら、田所の真意に関するヒントを持っている可能性がある。

「そう言われてもねえ」

ジアンの母は頬に手をやり、首をかしげた。

「ここにはもう住んでいないんですか？」

「ええ、とっくに。高校を卒業して、都内に就職してからは……」

そこでジアンの母は言葉を切った。厨房から近づいてきた足音に振り向くと、同年配の男性が立っていた。剣呑な視線をロンに向けている。

「余計なこと言わなくていい」

その態度から、男性がジアンの父だとわかった。

「山県あずさを知っているんですか?」

「昔、入り浸っていたおかしな子だろ。うちの娘を傷つけた」

「傷つけた?」

「女同士の恋愛だとか言って、変な道に引きずりこもうとしたんだ」

その一言に、ロンはかっとなった。

「傷つけたのはあなたじゃないですか?」

「……うん?」

「勝手に別れさせて、人のせいにするのは失礼ですよ」

ジアンの居所を聞き出すという本来の目的を忘れて、ロンは言い募っていた。ジアンの父は顔をゆがめたが、反論は口にしない。ただ背を向けて厨房へ歩きながら、「帰ってくれ」と言い放った。ジアンの母も気まずそうにその場から去っていく。

結局、ジアンにつながる手がかりを得ることはできなかった。

店を出てしばらく歩くと、凪が話していた運河沿いに出た。運河には深い青色の水が流れている。風はなく、水面は静かである。曇天のせいか、河沿いにはどこか寂しい気配が漂っていた。

――どうするかな。

凪には見得《みえ》を切ったものの、調査のあてはない。ヒナはSNSを駆使して田所の知人を探し当てると言っていたが、成果は上がっていなかった。マツはクルーと一緒に田所の妻へ面会を申しこんでいるが、返事はまだ来ていない。

うかうかしていると、二週間なんてすぐに過ぎてしまう。このままでは、凪というラッパーが消え、グッド・ネイバーズは崩壊する。

ぼうっと河を眺めていると、スマホが震えた。電話である。かけてきたのは、中華街の協同組合で理事を務める陶《タオ》だった。ロンにとっては幼いころから知っている、親戚《しんせき》のおじさんのような存在だ。

「おう、ロンか」

「どしたの？」

「明日、春節燈花《しゅんせつとうか》の修理手伝ってくれないか？」

春節燈花とは、例年十一月から翌年二月まで続くイルミネーションの催しである。メイン通りには龍を模したランタンが飾りつけられ、警察署前や山下公園には光のオブジェが展示される。

陶いわく、イルミネーションの一部が破損してしまったため、補修する必要が生じているのだという。

「俺がやんの？」

「良三郎さんから聞いたぞ。お前、ヒマなんだろ。ぶらぶら遊び歩いてるなら、地元の役に立ったほうがいいだろ。マツも声かけたから、予定ないなら来い」

有無を言わせない口調である。渋々、ロンは了承して電話を切った。

春節燈花は、中華街にとって大事な観光資源のひとつだった。夜闇のなかで輝くランタンは美しく、写真映えする。実際、十一月に入ってからというもの、多くの観光客がスマホでイルミネーションを撮影している。

——ん？

かすかな違和感がロンの脳裏をかすめた。

なにかが引っかかる。凪の話と、春節燈花との間になんらかの共通点があるような気がした。しかし凪は中華街のことなど一言も言及していない。だとすれば、いったいどこに共通点があるのか。

ロンは手近なベンチに腰を下ろし、じっくりと考えこむ。小さな光が差しこんでいる予感があった。

ロンが腕を組んで考えている間にも、日が傾きはじめていた。晩秋の夜は早く、午後四時台には空が暗くなりはじめる。夜に近づくにつれ、水面は黒く染まり、代わって工場群から漏れる光が徐々に存在感を増していく。

——上に行けばわかる。

凪いわく、田所はそう言っていたらしい。言葉通りに受け取れば、凪を建物の上へ連れていく予定だった、ということになる。そこに行かなければ、「いいものを見る」ことはできなかった。ということは――

「……そういうことなのか？」

ロンは思わず立ち上がっていた。すでに日は沈み、辺りは真っ暗だった。本格的な夜が訪れている。視界に入る倉庫の光がまぶしい。ロンはすぐさまスマホに登録した電話番号を呼び出した。指先でタップすると、数コールで相手は出た。

「はい、サガミ港産です」

「小柳といいますが、人事部の山田課長いらっしゃいますか」

「少々お待ちください」

保留音を聞きながら、ロンは山田への説明の筋立てを考えはじめていた。

＊

川崎駅前を出発したバスは、海へと向かっていた。

右側最後部の座席で揺られる私は、イヤフォンから流れる音楽に集中していた。

まさかこんなにすぐに、また臨港バスに乗るとは思わなかった。ただ、一人じゃないってところが前回とは違う。隣にはロンがいる。ロンから連絡があったのは二日前だった。

──凪に来てほしい場所がある。

指定されたのは、川崎臨海部のサガミ港産。時刻は午後七時。

正直、気は進まなかった。もう臨海部には二度と行きたくなかった。行かずに話が済むなら、そうしてほしいと答えた。でも、ロンは譲らなかった。

──見せたいものがあるから。

その一言は、田所さんを思い出させた。

夜の街が車窓を流れていく。大型トラックが隣の車道を走り過ぎていった。今日はちょうど、約束した二週間の期日だ。ロンの横顔を盗み見る。黙って前を向くロンがなにを考えているのか、まったく読めない。

どうせ、ヒナちゃんやマツと一緒に色々と調べたのだろう。けど、たぶんそれは無駄な努力だ。あの夜、田所さんが見せたかったものはきっと永遠にわからない。私をサガミ港産に呼んだのだって苦肉の策だろう。事故現場で改めて説得すれば、私が折れるとでも思っているのだろうか。

車内アナウンスが、次の停留所を告げた。「サガミ港産前」だ。ロンがすかさず降車ボタンを押した。

停留所に降り立ったロンは、慣れた足取りで入場ゲートのほうへ歩いていく。私はイヤフォンを外した。

「前にも来たこと、あるんだ？」

「まあね」

ロンは多くを語らなかった。来客用のＩＤを受け取って、二人で首からかける。正面にある建物のロビーに入ると、そこでは眼鏡をかけた中年の男性が待っていた。男性は、人事部の山田と名乗った。

「すみません、夜遅くに」

ロンが頭を下げると、山田さんは「いいえ」と応じた。腰が低い人だ。

「あの事故のことがあきらかになるなら、弊社としては惜しみなく協力させていただく所存です」

やけに硬い口調である。山田さんは三人分のヘルメットを用意していた。

「一応、安全のためこちらを装着していただけますか」

言われるがままヘルメットをかぶりながら、小声でロンに「どこ行くの？」と尋ねる。しかしロンは「いいから」と言うだけだった。同じくヘルメットをかぶった山田さんが、懐中電灯を手にした。

「では早速、第一倉庫へ参りましょう」

第一倉庫。

それは、田所さんが亡くなったあの場所だった。

——なんてことない。

自分に言い聞かせて、すくみそうになる足を動かす。事故現場へ行くのは、あの夜以来だった。ロンは何食わぬ顔で山田さんの後をついていく。どうして、わざわざトラウマに直面させるようなことをするのだろう。そこまでして、私に音楽活動を続けさせたいのだろうか。

やがて目の前に現れたのは、巨大な長方形の建造物だった。かすかに記憶に残るあの工事現場の面影はどこにもない。いささか拍子抜けした気分でいると、山田さんが歩きながら説明してくれた。

「事故があった七年前は、まだ骨組みだけに近い状態でした。その後、周辺の舗装も整備したので、当時とはかなり印象が異なるかもしれません」

山田さんはコンクリートの車道の上を指さした。

「遺体があったのは、あの辺りです」

背筋がぞくっとする。

いやでもあの夜のことを思い出す。人生で初めて目にした遺体。赤黒い血。こみあげる吐き気。田所さんの死が幻なんかじゃないことを思い知らされる。それでも、表面上はなんてことない風を装った。

山田さんは通用口から建物に入り、廊下を進む。

「第一倉庫では、電子部品や各種消費財などを保管しています。温湿度は二十四時間、システムによって厳密に管理されていますので、実務スペースへの立ち入りはご遠慮いただいております。こちらから上階へ上がりましょう」

エレベーターに乗りこんだ山田さんは、一番上にある「R」のボタンを押した。私たちが乗った箱はぐんぐん上昇していく。

「屋上……ですか？」

気になって尋ねると、山田さんは「はい」と簡潔に答えた。

「普段は施錠されているため、屋上階には行けません。今回は特別にカードキーを借り出してきました。社内決裁を取るのにいささか苦労しましたが……」

「どうして、そこまでして？」

その問いに答えたのはロンだった。

「屋上に行けば、あの夜、田所さんが見せようとしたものがわかる」

――まさか。

ロンはその正体にたどり着いたのだろうか？　この二週間で？

「なんだったの？」

尋ねても答えはない。無言のまま、エレベーターは屋上に到着した。最初に降りた山田さんが、カードキーをかざして建屋のドアを解錠する。

ノブをひねってドアを開いた先には、夜の闇が広がっていた。

屋上には、ただただ平らで広い空間があった。給水設備やエレベーターの機械室らしきものがぽつぽつと建っているが、視界を遮るものはほとんどない。落下防止のためか、四方が背丈より高い柵《さく》で囲われていた。

風に乗った潮の匂いが、鼻先をくすぐる。海がすぐそこにあることを思い出させてくれる。

「……ヒビトって覚えてるか」

ロンがぽつりと言った。

忘れるわけがない。妹のかすみが亡くなる原因を作った男だ。高校受験に失敗して家出を繰り返すようになったかすみは、酒と薬に酔ってビルから飛び降りた。

「あいつが、なに？」

「前に欽ちゃんから聞いたんだけど、警察の取り調べで言ってたらしいんだよ。飛び降りる直前の凪の妹が、夜景を見ながら『星空みたいだ』って言ったんだって」

「……で？」

正直、ロンの発言にイラついた。私の周囲にいる人たちは、みんな飛び降りて死ぬとでも言いたいのだろうか。しかしロンは飄々《ひょうひょう》とした足取りで屋上を進む。

「もっと早く気付くべきだったんだよ」

ロンが足を止めた。

私のほうを振り返って、柵の外を指さす。

「田所さんが凪に見せたかったのは、あれじゃないか？」

首を巡らせ、ロンの指の先を見た。

その光景を目にした瞬間、息を吞んだ。

そこには、地上の星空が広がっていた。

海に浮かぶ埋立地が、工場群の放つまばゆい輝きで埋め尽くされていた。一等星のように強い光を放つ照明があれば、小銀河のように集っている光の群れもある。暗い闇の上に点在する星々は、本物の星空よりも美しいくらいだった。

しばし、私たちは臨海部に広がる光の海に圧倒されていた。

「……実のところ、私も屋上からの夜景を見るのは初めてです」

沈黙を破ったのは山田さんだった。

「川崎臨海部は、美しい工場夜景が見られるスポットとして知られております。特に千鳥《ちどり》町《ちょう》や浮島町《うきしまちょう》の工場が有名ですが、高所から鑑賞できる場所は限られています。この第一倉庫の屋上は高さ六十メートル。周辺を一望するには十分でしょう」

「すごいっすね」

ロンが素朴な感想をつぶやく。

「開放すれば観光名所になるんじゃないですか？」

「業務に使用している建築物ですので、それは難しいかと」

山田さんがきまじめに答える。

「サガミ港産の社員でも、この夜景を知ってる人は少ないですか？」

「ほぼいないでしょうね。先ほど申し上げたように、屋上に立ち入るには面倒な決裁が必要ですから、ここに来たことのある社員自体が少数でしょう。まして夜間となれば皆無かと。ただ……」

「ただ？」

「田所係長はご存じだった可能性がありますね。第一倉庫の施工管理を担当していましたから」

「だってよ、凪」

私は涙をこらえるので精一杯だった。

すべてが腑《ふ》に落ちた。あの日、死にたいと言った私に田所さんが見せようとしたのは、これだった。私が生前の田所さんと会話したのは三十分にも満たない。でも、彼の言葉は今でも私のなかで生きている。

――ここはきみの死に場所じゃない。

まぶたを強く閉じた。涙はギリギリこらえた。

「昨日、マツたちが田所さんの奥さんと会った」

ロンは淡々と経緯を話した。

マツは樹やＢＢと一緒に、田所さんの奥さんに粘り強く連絡を取り続けたらしい。はじめは拒絶されていたが、じきに奥さんのほうが根負けしたという。

「余計なことしないで」

「余計なことをするのが好きでね」

ロンはスマホを取り出し、視線を落とした。

「奥さんの言葉を伝えてほしい、と言われたから代弁する」

咳ばらいをしたロンは、淀《よど》みない口調で言った。

――本当は、わかってるんです。あの女の子にはなんの罪もない。私が言うのもおこがましいですけど、どうか過去に縛られないでほしい、と伝えてください。

「……以上」

前歯で唇を噛み、拳を握りしめる。

ずるい。ずるすぎる。

私はもう、全部捨てるつもりだったのに。ステージを去って、人目につかない場所で生きていこうと決めたのに。それなのに、そんなことを言われたらやめたくてもやめられない。この先も、音楽と向き合い続けるしかなくなる。

「……ロン」

目尻《めじり》に滲んだ涙をこすって、ロンに笑いかけてみせた。

「ありがとう。ここまでしてくれて。あんたはすごいよ。なんとかしてみせたね」

「俺だけじゃない」

そう言われて、クルーの顔が、友人たちの顔が、ファンの顔が浮かんだ。

進退を決めるのは私だと思っていた。でも、アーティストとしての凪は一人で成り立っているわけじゃない。とんだ思い上がりだった。

「それでも、正直言うとまだ怖いな」

「なんで？」

「だって、デマは消えないよ。ネットには嘘の情報が残り続ける」

「デマは所詮《しょせん》デマだ。事実を知っている人間は、ちゃんといる。俺たちは凪がどんな人間かわかっている」

そうなのかもしれない。きっと私は恵まれているんだと思う。私を心配して、懸命に動いてくれる友人たちがいる。それでもどことなく不安を感じるのは、愛した人に拒絶された過去があるせいかもしれない。手ひどく別れを告げられた記憶は、何年経とうが、消えてくれない。

たった一人でいい。私のことを、心から愛してくれる人がいたら――

「あずさ」

背後から震える声がした。

その声は、私の古い記憶を刺激した。

クラブで、カフェで、焼肉屋の二階で、何度も聞いた声。誰よりも好きだった人の声。

緊張で身体がこわばる。おそるおそる、振り返った。

手を伸ばせば触れられる距離に、キム・ジアンが立っていた。

工場の照明が彼女をぼんやりと映し出している。長い黒髪に、ベージュのセットアップ。ジアンは七年前よりさらに綺麗になっていた。ただ、半分泣いているその顔には、中学生の頃の面影が色濃く残っていた。

いつの間にか、マツも来ていた。どうやら彼がジアンを連れてきたらしい。

「どうやって……」

思わずつぶやいた私に、ロンが説明する。

「焼肉屋に通いつめて、ジアンの母親に連絡先を教えてもらった。父親には内緒でな。そこからはヒナが説得してくれた」

――よくやるよ。

余計なことをするのが好きだと言っていたが、ここまでとは思わなかった。ロンに相談する時はよく注意しなければいけない。こいつは一度関わると決めたら、とことんやりきってしまう。

ジアンは蒼白《そうはく》な顔で私を見ていた。いったい、なにを言うつもりなのだろう。

「七年前のこと、謝らせてほしい」

ジアンは見るからに震えていた。彼女も緊張している。しかし、本心から謝りたいと思っているのかはまだ判断できない。

「……なにを謝るの？　あれが本音だったんでしょ？」

「違う」

ジアンは即座に否定した。

「あの時、父親から言われてたの。あずさと——女性と付き合うことを続けるなら、家から出て行けって。高校進学も許さないし、学費も生活費も出さない。だから、別れるしかなかった」

「今さら言われても、信じられない。友達同士の感情だったんじゃないの？」

「そう思いこもうとしてた。これは恋愛なんかじゃない、だからあずさと別れても傷つかない、って。そうしないとおかしくなりそうだった。高校に進学してからも、男の人と恋愛しようとしてみた。けど、やっぱりムリだった。今さらだよね。でも、私はあずさじゃないとダメなの。やっとわかった」

見るからにジアンは必死だった。

少なくとも、私にはこの態度を嘘だと断じることはできない。ジアンは本心から後悔している。私と別れたことを。

「うちの父親は、今でも私のセクシャリティを受け入れてくれない。頭ではわかっていても、感情的に認められないんだと思う」

「そういう人もいるよ」

ジアンの父は悪い人ではない。ただ、考え方が違う。それだけだ。

「だから、もしあずさが望むなら、親とは縁を切る」

飛び出した不穏な言葉に、耳を疑う。

「縁を切るとか、思いつきで言わないで」

「思いつきじゃない」

ジアンは退《ひ》かなかった。

「高校卒業して、就職してからは一度も実家に帰ってない。父親が認めるまでは帰らないつもり。まだ少ないけど貯金だってある。女同士だと配偶者になれないし、老後の不安も色々あるから、お金はあったほうがいいと思って……」

「一人で進めないでよ！」

我慢の限界だった。叫び声に驚いたのか、ジアンが一歩後ずさる。

「私がいまだにジアンのことを好きだとか思ってるの？　勝手に振って、勝手により戻そうとして、自分のことばっかりじゃん。私の気持ちは？」

「あずさにその気がないなら……諦める」

「当たり前でしょ」

もっときつい言葉で非難したかった。七年前の私と同じくらい、ジアンのことも傷つけてやりたかった。でも、これ以上は言えなかった。好きな人を延々と罵倒できるほど、私の心は強くない。

顔を伏せたジアンの右手をつかみ、引き寄せた。すねた表情の彼女と目が合う。

「今度は、信じていいんだよね？」

そう告げると、ジアンの目からどっと涙があふれた。私ももう耐えられない。さらに強く手を引いて、そのまま両腕でジアンを抱きしめた。私の涙がジアンの肩を濡らす。彼女の嗚咽が耳のすぐそばで聞こえた。

最近、柄にもなく泣いてばかりの気がする。もしかしたら、今まで我慢しすぎていたのかもしれない。

私たちは抱き合ったまま、しばらく泣いた。七年分の涙だった。

泣いて、泣いて、ようやく嗚咽が収まった。泣きはらした目で周りを見ると、ロンとマツは柵にもたれて夜景を見ていた。山田さんはなぜかハンカチで目元を拭っていた。私と目が合うと、うんうん、とうなずく。いい人なんだろう。

いったんジアンから離れて、ロンの背後に立った。

「ありがとうね」

ロンはゆっくりと振り返り、特段感動もしていないような顔で片手を挙げた。

「どういたしまして」

「助けてもらうのは二度目だね」

一度目はかすみが亡くなった時。二度目は今日。

ロンは宙を見つめて、言った。

「『生きたいように生きればいい』」

私が書いた〈墜落少女〉の一節だった。

亡くなった妹に捧げるため、作った曲だった。でもそのメッセージを受け取るべきなのは、他の誰でもない、私自身だった。

ロンの背後には夜景が広がっている。埋立地で輝く人工の光。田所さんが亡くなる直前に見たのも、こんな風景だったのだろうか。そう考えるとまた泣けてくる。でも、もう我慢はしない。私は泣きたい時に泣いて、笑いたい時に笑う。

「あずさ」

再びジアンに呼ばれた。その声に振り返った私は、小走りで駆け寄る。

愛する人に名前を呼ばれると、たとえ何度目であっても、自然と笑みがこぼれるんだと知った。

＊

十二月。開演前のフロアには、特有の緊張感が漂っていた。

最前列の席に座るロンの前に、遮るものはなにもない。ステージは至近距離にある。ロンの右隣では、車いすのヒナが緊張した面持ちで待っていた。

「本当にいいのかな、特別席なんて」

「招待されてるんだからいいだろ」

ロンが言うと、左隣のマツが「そうそう」と同調する。

「存分に楽しんだほうがいいぞ。グッド・ネイバーズのライブに招待されるなんて、もうないかもしれないからな」

「そうなの？」

「たぶん、あいつらもっと有名になる。どうせメジャー移籍の誘いなんか、他の事務所からこの先いくらでも来るんだし」

マツは自信ありげに胸を張る。

「別にお前、クルーじゃないだろ」

ロンが突っこむと、「クルーみたいなもんだ」とマツが応じた。

結局、グッド・ネイバーズのメジャーレーベル移籍は破談になった。事務所に拒否されたのではなく、凪たちのほうから断ったのだという。事務所がどっちつかずの態度を取ったことで、交渉を担っていたBBがキレたらしい。

——真偽不明のデマにいちいちビビってる事務所じゃ、底が知れてる。あの人らと同じ船には乗れない。

仲間を意味する「クルー」とは、「乗組員」の意味である。グッド・ネイバーズという船の進路は、事務所が目指す方向とは違っていたようだ。

「これからはチケット、取れなくなりますかね？」

後ろの席から涼花が会話に割りこんできた。その隣に涼しい顔をしたチップが座っている。

「プラチナチケットになるね。抽選当たらないと、ライブ観れないかも」

マツが冗談半分に言うと、涼花は「そんなぁ」と言った。

受験を目前に控えて禁欲的な生活を送っているヒナと涼花だが、今日のライブだけは特別だった。グッド・ネイバーズが三か月近い活動休止から復活するライブだからだ。凪からは「好きに使って」とゲストチケットを五枚渡された。

「欽ちゃんは？」

辺りを見回すヒナに、ロンは「誘ったんだけど」と言う。

「忙しいからって断られた。年末は事件も多いんだって。だから代わりに、涼花の彼氏に声かけた」

振り向いたヒナに、チップが会釈する。チップは大学受験も就職活動もせず、高校卒業後は専業のプロゲーマーになる予定だ。ダゴンの件以後、天才的なプレーからダゴンに代わって「神」と称されている。

「それにしても……」

ロンは二つ離れた席を見やった。もう一人、凪からチケットを受け取った観客がそこに座る予定だった。しかし座席はまだ空いている。

その人物は、開演直前になってようやく現れた。あの日と同じベージュのセットアップを着た長身の女性。ここまで走ってきたのか、息を切らしている。キム・ジアンは、長い髪をヘアゴムでまとめていた。

「間に合った」

「遅かったな」

ロンが声をかけると、「仕事が押しちゃって」と答えた。車いすのヒナに気が付くと、ジアンははっとした表情になる。

「もしかして、菊地さんですか？」

「えっ、あ、はい……」

長年の引きこもり生活のせいか、ヒナはまだ初対面の相手と話すことに慣れていない。しかしジアンにとってヒナは、凪と再会するきっかけを作ってくれた恩人である。

「会えてうれしいです。とっても感謝してます」

「いや、そんな。私なんて全然……」

前のめりのジアンを前に、ヒナはたじたじだった。よく見れば、二人はロングの黒髪といい、切れ長の目といい、どことなく似ている。つい最近まで、凪がヒナに言い寄るそぶりを見せていたことを思い出す。

ロンは目が合ったマツと無言でうなずきあう。たぶん、考えていることは同じだ。

——凪の好みのタイプ、わかりやすいな……

やがてアナウンスが入り、フロアの照明が落ちる。客席が期待に沸く。デマの影響が懸念されていたが、蓋《ふた》を開けてみればチケットは即完売だったらしい。数百名の観客がグッド・ネイバーズの登場を待ちわびていた。

ステージのライトが点《とも》される。

舞台中央に立つ凪の服装は、いつになく黒一色だった。黒のシャツに黒のジーンズ、黒のスニーカー。もしかすると、彼女なりに追悼を表明しているのかもしれない。ロンの目にはそう映った。

左右にはマイクを握った樹とBB、背後にはDJブースを前にしたサカキ。フロアには拍手と歓声が飛び交う。凪がマイクを口に近づけた。

「お待たせしました」

言いながら、彼女は最前列を一瞥《いちべつ》した。その視線がジアンだけに向けられていたことが、ロンにはわかった。

「〈凪の海〉」

それが初めてライブで披露する曲だと理解した瞬間、観客たちは爆発した。前奏が流れ出すと同時に、喧騒《けんそう》は一瞬で静まりかえる。誰もが凪の歌声に耳をすませる。

「三井埠頭行きのバスの窓」

ジアンは早くも目に涙を溜めていた。

「工場の灯に浮かぶ明日はどこ」

涼花が、チップが、マツが、ヒナが、かすれた凪の声に酔っていた。

「恋人はそこにもういない」

ロンは目を閉じた。

まぶたの裏に、第一倉庫の屋上から見た夜景が蘇っていた。臨海部の埋立地に広がる星空をはっきりと覚えている。その星空の先に広がる海は、夜の底で静かにたゆたっていた。暗くて海面は見えなかったけれど、ロンにはわかる。

あの夜も、海は凪いでいた。

凪が喉の奥から声を絞り出す。

「最後から二番目の恋だった」

ジアンは両手で顔を覆い、肩を震わせている。

凪は十五歳の秋、最後から二番目の恋を終えた。そして今、同じ相手ともう一度やり直そうとしている。これが最後の恋になるように、と祈りながら。

ロンは目を細め、ステージに立つ凪を見た。ライトを背負って歌う彼女は、臨海部を埋めつくすどんな光よりもまぶしかった。


（第4巻に続く）

Haruki Bunko
ハルキ文庫

い 27-3

凪《なぎ》の海《うみ》 横浜《よこはま》ネイバーズ❸

著者 岩井《いわい》圭也《けいや》

2023年11月18日第一刷発行

発行者 角川春樹

発行所 株式会社角川春樹事務所
〒102-0074 東京都千代田区九段南2-1-30 イタリア文化会館

電話 03(3263)5247(編集)
03(3263)5881(営業)

印刷・製本 中央精版印刷株式会社

フォーマット・デザイン 芦澤泰偉
表紙イラストレーション 門坂 流

ISBN978-4-7584-4600-6 C0193 ©2023 Iwai Keiya Printed in Japan
http://www.kadokawaharuki.co.jp/[営業]
fanmail@kadokawaharuki.co.jp[編集] ご意見・ご感想をお寄せください。